모텔, 파라다이스

# 모텔, 파라다이스 김미용 소설집

초판1쇄 찍은 날 | 2024년 9월 30일
초판1쇄 펴낸 날 | 2024년 10월 8일

지은이 | 김미용
펴낸이 | 송광룡
펴낸곳 | 문학들
등록 | 2005년 8월 24일 제 2005 1−2호
주소 | 61489 광주광역시 동구 천변우로 487(학동) 2층
전화 | 062−651−6968
팩스 | 062−651−9690
전자우편 | munhakdle@daum.net
블로그 | blog.naver.com/munhakdlesimmian
값 15,000원

ISBN 979−11−989410−1−5  03810

모
텔,
파
라
다
이
스

김미용 소설집

문학들

| 차례 |

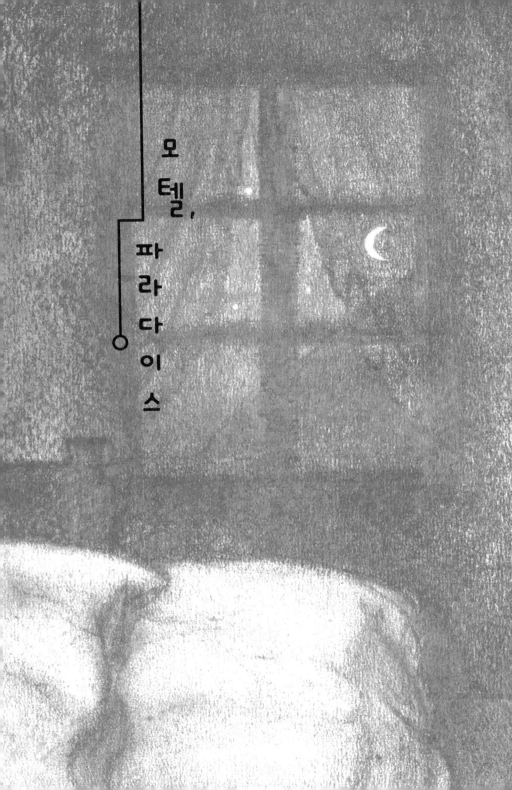

모
텔,
파
라
다
이
스

여전히 길 위였다. 벌써 두 시간째다. 광주에서 한 시간도 안 걸린다는 그곳을 우리는 두 시간 넘게 헤매고 있다. 사람 말을 믿어야지, 기계 그까짓 것 말을 믿을 거냐고, 전라도는 어디든 눈 감고도 훤하다며 호언장담했던 명화가 원망스럽기까지 했다. 무안 홀통해수욕장 어디쯤 있다는, 가기만 하면 그렇게 좋을 수 없다는 그런 곳이 과연 있기나 한 것일까?

두 시간 가까이 운전을 하고 있는 명화도 피로해 보였다. 툭하면 관절 마디마디가 아리다며 우는 소리를 하고는 했으니 지금쯤 온몸이 찌뿌둥할 터였다. 출발 전 내비게이션에 목적지를 입력했더라면 저도 편하고 다들 좋았을 것이다. 아무리 기계가 저만 못 할까 봐. 그러고 보면 명화는 쓸데없는 일에 고집을 부리곤 했다. 오메, 길이 이상헌디. 이 길 걷기도 허고, 저 길 걷기도 허고. 명화가 또 혼잣말로 중얼거렸다. 일단 홀통해수욕장을 찾아야 그곳으로 갈 수 있을 텐데. 사람들이 그랬다. 홀통해수욕장에서 지척이라고, 눈 먼 봉사가 아니라면 금방 찾을 수 있다고 말이다.

"고개만 똘레똘레 허덜 말고 내비에 써 보랑께."

"홀통해수욕장은 간단 말이여."

"간다, 간다, 두 시간째다이. 차 안에서 시간 다 보내불게 생겼구
만."

"싸묵싸묵 강께 안 좋냐? 여그저그 귀경도 허고 말이여. 홀통해수
욕장은 걱정도 말고, 그 천국 뭐다고 했냐? 거시기, 거그, 거, 주소나
써 봐라이."

"주소는 모른다고 몇 번을 말혀. 홀통해수욕장이랑 아조 가차이 있
다고 허드랑게."

"영감들한테 전화 쪼간 돌려 봐라이. 주소를 지대로 알아야 찾기가
쉽제."

"영감들 전화번호를 나가 워찌 안다냐? 나는 커피만 팔았제 손님
들하고 시시콜콜 야그허고 그러들 안 했당게."

남편과 이혼 후 바로 다방을 시작한 것은 아니었다. 식당 설거지를
하다 아는 언니 소개로 다방에 취직했다. 십 년 동안은 주방과 청소
모두 혼자 맡아 했다. 주인 여자가 병을 얻어 다방을 그만둔다기에 헐
값에 인수하기로 결정했다. 망설임이 없었던 것은 아니다. 하지만 하
던 일이고 그럭저럭 돈은 되는 곳이었다. 그걸 뻔히 알면서 놓칠 수는
없었다.

"그라믄 천국 야그는 뭐시냐?"

"귓귀녕은 열렸응게. 모다 모탔다 하믄 천국 어쩌고 혀쌌고. 안 듣
고 잡아도 지절로 콱 박히드랑게."

"니 아침마다 다방 단골들 안부 전화 돌린담성. 소문 쫙 났드만."

"그려. 혔다, 혔어. 사비스 차원으로다."

"고것 때문에 부부 쌈도 많이 났다든디?"

"쓰잘데기없는 소리 말어라이."

단골 대부분은 혼자 사는 노인들이었다. 멀쩡하게 부인 있는 노인에게 전화를 한 적은 없다. 그 정도 눈치는 있다는 말이다. 남자 때문에 신세 망친 인생이라 남자라면 이골이 났다. 내 속을 지가 알 턱이 없겠지. 명화와는 말 몇 마디 섞기 힘들었다. 아예 입을 다물어야지 괜히 말 붙였다 부아만 오르기 일쑤였다. 명화는 젊은 시절 복잡한 내 연애사를 꿰고 있다. 고향 오빠와 정분이 나 가출한 일, 혼전 임신으로 식도 없이 살림을 시작한 일, 명화는 늘 내 과거를 들먹였다. 그 옛날 흔헌 일은 아니제? 하여간 넌 원 없이 살아서 좋겠써이. 안 보는 게 속 편한데 어쩌다 보니 가까운 동네에 살고 있고, 오래 알고 지낸 사이라 임의롭기는 했으니 못 알아듣는 척 그렇게 지내고 있는 것이다.

"고때는 혔는디 지금은 왜 못 헌다는 거여?"

"나도 이참에 다방을 싹 접을 생각이랑께. 그라고 물장사는 혔써도 절대로 헤프게 굴든 안 했어야."

"고까짓 전화가 머시 힘들다고. 다 늙어서 내외를 했싸."

명화와 투닥거리는 중에도 다방을 찾았던 노인들 말만 찰떡같이 믿고 친구들에게 괜한 바람을 넣은 것은 아닌지 걱정이 되었다. 천국이 아니라면 명화가 도끼눈을 하고 달려들 텐데. 어쩌다가 천국 가는 길에 명화를 끼워 넣었을까. 아무리 사람이 아쉬워도 명화와 동행은 하지 말았어야 했다. 어릴 적이나 나이 칠십 넘은 지금이나 변한 것이 없다. 사람 성격 한평생 간다지만 저밖에 모르는 성정은 어찌 그렇게 한결같은지 모르겠다. 나이 들면 물러지기도 하고 순해지기도 해야지 대꼬챙이같이 깐깐하기만 하니 좋아할 사람이 있겠나. 성격 좋은 삼덕이나 지 꼴을 봐주지 말이다.

"그나저나 천국은 머헌디냐?"

명화는 남의 속을 박박 긁어놓고 태연스레 말을 걸었다. 대답하지 말까 싶었지만 그럼 명화와 다를 것 없는 속 좁은 사람이 될 것 같았다. 그런데 막상 대꾸를 하려니 천국에 대해서 아는 것이 도통 없었다. 다들 좋은 곳이라고만 했지 왜 좋은지에 대해서는 말하지 않았다.

"천국이랑께 좋겄제. 돈도 필요 없다고 항게로."

"설마 돈 땜시 천국이라는 것은 아니것제? 노인들헌티 무신 돈이 필요허냐? 묵고 살기만 허믄 된다."

"저승 갈 날 가찹다고 돈이 안 들어가냐? 숨만 쉬어도 돈이 필요한 시상이여. 너는 몰라야. 평생을 돈 걱정 없이 살았쓴게."

명화가 이것저것 묻는 통에 아무 말이나 뱉긴 했는데 사실 틀린 말도 아니었다. 돈이 효자인 시대다. 자식들에게 아쉬운 소리 하지 않고 대우 받으려면 돈은 필수다. 돈푼깨나 있는 노인들은 시간 보내기도 수월했다. 그렇다고 해도 돈 때문에 천국을 찾아가는 것은 아니었다. 그런 곳이 천국이라면 갈 필요도 없다. 차이는 있지만 우리 셋은 각자 자기 형편대로 살 만큼은 되었다.

정말 천국이라면 쓸쓸히 시간만 죽이며 세월을 보낼 일은 결코 없을 것이다. 우두커니 앉아 사람을 기다릴 필요도 없겠지. 그곳에서는 쓸모 있는 사람이 될 테니 말이다. 참견하는 노인 취급받으며 잠자코 있으라는 주변의 비난도 듣지 않겠지. 천국은 나를 젊은 시절의 한 자락으로 돌려놓을지 모른다. 내 사랑을 보채며 달려들던 동네 총각처럼, 귀찮게 나를 따라다니며 울던 어린 자식들처럼 외로울 틈 없이 나를 찾아 주겠지. 생의 마지막 길에는 누구든 곁에 있어 손도 잡아 주고 얼굴도 쓸어 주며 잘 가시요이, 고생 많았소. 가는 길 무섭지 않게 보듬어 줄 것이다. 다들 넘어간다는 죽음의 문턱이지만 그 문턱을 쓸쓸히 넘어가고 싶지는 않다. 천국 생각을 하자 저절로 미소가 지어졌다.

"니는 뭐시 좋다고 그라고 웃냐?"

명화가 또 좋은 기분에 초를 쳤다.

"영감들 생각혔다. 왜?"

명화와 올근볼근하는 바람에 뒷자리에서 설핏 잠이 들었던 삼덕이 부스스 일어나 운전석 앞으로 고개를 쑥 내밀었다.

"거시기, 거 천국이 보이냐? 날이 오사게 뜨거와서 음식 다 상하겄어야. 쪼간 쉬어 요기라도 하끄나?"

어디에 차를 세우고 식사를 한단 말인가. 나는 가방에서 기정떡을 꺼내 삼덕에게 주었다. 잔뜩 골이 나 운전하고 있는 명화에게도 떡을 뚝 떼어 입에 넣어 주었다. 그래, 기분 좋게 가자. 다방 단골들이 하나, 둘 떠나 다시는 돌아오지 않는 그곳, 그곳은 내가 생각하는 천국이 맞을 것이다. 집을 나선 것만으로도 우린 천국에 가까워지고 있었다.


여행은 즉흥적으로 결정되었다. 삼덕과 통화를 하지 않았다면 여행 계획을 세울 엄두도 내지 못했을 것이다. 나는 여행이니 휴가니 그런 것들을 아주 모르고 살았다. 다방을 인수하고는 단 하루도 쉰 적이 없다. 다람쥐 쳇바퀴 돌리듯 살았지만 후회도 아쉬울 것도 없는 인생이라고 생각했다. 그런데 삼덕이 입에서 휴가라는 말이 튀어나왔을 때 나는 휴가, 금세 그 말에 빠져들었다. 처녀 적 연애했을 때마냥 싱숭생숭했고, 몰래 감춰놓은 사랑처럼 가슴이 울렁거렸다. 더위 탓이었는지 기분 탓이었는지 지금도 알 수 없다.

올 여름은 여느 여름보다 더웠다. 에어컨을 틀고 종일 다방에 있는데도 기운이 빠졌다. 다방 단골들이 사라지면서 장사에도 재미를 잃었다. 커피 값이라야 고작 이천 원이었다. 이른 아침부터 나와 화투를 치거나 바둑을 두며 종일 죽치고 있는 노인들에게 국수를 말아 팔며 매상을 올렸다. 그럭저럭 유지하고 있었는데 천국 이야기가 나오면서 다방은 활기를 잃어갔다. 처음 그들이 천국이라고 했을 때 나는 콜라텍 이야기를 하는 줄 알았다.

다방 맞은편에 콜라텍이 생기면서 오후 네 시가 되면 노인들이 거리를 가득 메웠다. 간혹 신나게 몸을 비비며 놀던 노인들 몇이 다방으로 몰려오기도 했다. 진한 화장과 화려한 옷으로 치장을 한 그녀들은 나와 비슷한 연배로 보였다. 그런 그녀들이 새침한 얼굴로 요망을 떨 때는 주책이다 싶은 생각도 들었다. 하지만 생기 넘치는 눈빛과 달아오른 흥분이 부러웠다. 천국이 따로 없지야? 정신없이 궁둥이를 흔들믄 무릎 아픈 것도 까묵는당게. 들뜬 그녀들을 보며 나도 한 번 가 볼까 싶었다. 하지만 콜라텍은 다방 단골들의 입에 오르내리던 천국이 아니었다.

천국은 무안 바닷가 근처라고 했다. 바닷가 그 어디쯤 노곤한 삶을 훌훌 털어버릴 그런 곳이 있단 말이지. 헛헛함도 외로움도 없는 그런 곳이 있단 말이지. 더 이상 세상에서 밀려날 일은 없다는 거지. 한 번 천국에 마음을 뺏기자 영 마음을 잡을 수가 없었다.

"모다들 장미다방으로 가부렀는가? 아는 얼굴들이 통 안 보이네이."

보름 전, 한 동네 사람으로 오며 가며 다방에 들락거리던 김 노인이 에어컨 아래 자리를 잡고 앉았다. 찜통 같은 더위가 시작되면서 아예 손님이 끊겼는데 김 노인은 마지막 남은 단골이었다. 그는 죄다 새로 생긴 장미다방으로 발길을 옮긴 모양이라고 의리라고는 눈곱만큼도 없는 놈들이라며 성을 냈다.

"장미다방 마담은 겁나게 젊다드만이, 인물도 반반헌가? 암만 그려도 여그만은 못헐 것인디."

제법 사람 기분 나게 할 줄도 아는 위인이었다. 장미다방 여자와 몇 번 부딪치긴 했다. 둘 다 늙어가는 처지로 열 살 어려 봤자 거기서 거기였다. 때 빼고 광내 봤자 그저 늙은 여자일 뿐이란 말이다.

"장미다방이 아니고 모다들 천국을 찾아갔어라."

"천국? 거가 어디랑가?"

"무안 바닷가 어디라는디 나도 잘은 몰르요."

"엄한디서 천국을 찾고 있구만이. 에어컨 밑이서 낫낫한 자네 얼굴 봄시롱 커피 마시믄 고것이 천국이제."

김 노인은 괜한 소문 믿지 말라며 툴툴거렸지만 여러 차례 무안 어디쯤인지 물었다. 끄응 소리와 함께 자리를 털고 일어났던 김 노인도 그날 이후 보이지 않았다.

다방이 활기를 잃으면서 나도 장사에 재미를 잃었다. 돈도 돈이지만 사람 꼴을 보기가 어려웠다. 들고나는 사람이 많던 다방에 끝도 없는 적막이 밀려오자 덜컥 겁이 났다. 다들 떠나고 나만 남은 것인가. 넓은 홀을 맥없이 지키는 것이 점점 곤혹스러웠다. 차라리 집에 있는 것이 낫겠다 싶어 얼마간 다방 문을 닫기로 했다. 이참에 좀 쉬어 보자는 생각도 들었다.

다방을 지배했던 적막이 집까지 따라붙었다. 고요는 불안을 키웠다. 도통 일에 집중할 수 없었다. 차분히 앉아 책을 읽으며 시간을 보내리라 다짐했는데 한 글자도 눈에 들어오지 않았다. 시계의 분침은 느리게 갔고 하루는 일 년이 되었다. 젊었을 때는 잠 한 번 실컷 자는 것이 소원이었는데 이제는 깊은 잠을 자는 것이 소원이 되었다. 밤새 뒤척였고 새벽 세 시면 정신이 총총해졌다. 적막감을 이기려 종일 텔레비전을 켜 두었다. 간혹 텔레비전 속 그들에게 말을 걸기도 하고 행동을 따라 하기도 했다.

뉴스에서는 매일 사건이 터졌다. 젊은 사람이 죽는 일도 다반사였다. 어떻게 하루도 안 빠지고 저런 일이 있을까 싶어 쯧쯧, 안타까운 마음이 들었다. 지루해도 아무 일 없이 사는 것이 얼마나 다행인가 싶다가도 조금만 큰 소리가 나면 고개를 쭉 빼고 밖을 내다보았다. 싸움이 났나, 불이 났나. 하지만 구경거리가 될 만한 일은 일어나지 않았다.

승희에게 전화를 넣을까 싶었지만 바쁘다며 빨리 용건을 말하라는 새된 목소리를 듣는 것도 편치 않았다. 강아지라도 키웠더라면 좋으련만. 실없이 혼자 이야기를 할 수도 없고, 집으로 걸려오는 전화도 없었다. 그때 떠오른 사람이 삼덕이었다. 다방을 인수하고 난 후에도 삼덕은 변함없이 나를 대했다. 직업에 귀천이 있다냐. 아그들 데꼬 먹고 살픈 고걸로 됐다이. 짓궂은 손님을 상대할 때마다 삼덕의 말을 떠올리며 분노인지 슬픔인지 모를 마음을 다잡곤 했다. 긴 신호음 끝에 삼덕이 목소리가 들렸다.

"바늘귀 꿰니라 바쁘다냐?"

"맴이 들썽들썽혀서 바늘귀나 꿰고 있제. 시상에 우리 계원 아들이 휴가 갔다가 사고로 죽어부렀어야. 물에 빠졌는디 시신도 늦게 찾아서 꼬라지가 말이 아니었다고 허드라이."

"휴가?"

"그려. 휴가 말이여."

휴가라는 말에 나는 침을 꼴깍 삼켰다.

"삼덕아, 우리도 가끄나?"

"어디를야?"

"휴가 말이여."

병원이나 겨우 다니지 시장 가는 것도 힘들다고, 다 늙은 노인들이 어딜 갈 수 있겠냐고, 삼덕이 앓은 소리를 했다.

"내가 아조 좋은 디를 알아야. 우리도 거그 한 번 댕게오자. 천국이란디."

"천국?"

"근게 다들 찾아가겠지. 겁나게 좋은 디라고 허드라야."

"다방은 어찔라고?"

"손님도 없고 문 닫아부렀어야."

"여적지 고상 많았응께 인자 고만 쉬어라이. 근디, 그 천국이라는 디 말이여. 우리가 거그꺼정 찾아갈 수 있으까이?"

나는 두 발 성한 짐승이 못 갈 데가 있겠냐며 삼덕을 설득했다. 전화를 끊고 생각해 보니 삼덕의 말이 틀린 것은 아니었다. 여행을 하려면 장도 봐야 하고 무엇보다 차가 있어야 했다. 승희에게 부탁을 좀해 볼까. 이런저런 생각을 하고 있는데 전화벨이 울렸다. 삼덕이 그새 마음이 변했나 싶어 얼른 받았더니 명화였다.

고향에서 유일하게 고등학교까지 졸업한 명화는 부유한 집으로 시집을 가 잘 살았다. 아들 셋을 내리 낳았고 또 남부러울 것 없이 번듯이 키웠다. 사는 모양새가 달라서인지 나는 명화와 친하게 지내지 못했다. 속이 좋은 삼덕이 명화 이야길 할 때에도 건성건성 들었다. 살기 바빠서 그랬기도 했고, 왠지 모를 거리감이 들기도 했다. 하지만 나이가 드니 저 사는 거나 나 사는 거나 별반 다르지 않다는 생각이 들었다. 그렇다 해도 삼덕이처럼 막역하게 지내지는 못했다. 만날 때마다 자랑하듯 주렁주렁 보석을 달고 나오는 명화가 아니꼬웠고, 대놓고 돈 자랑 할 때면 비위가 상했다. 내내 자랑만 하는 명화가 얄미워 너 자랑만 말고 이참에 한턱 쏴라, 한마디 하면 명화는 이깟 것 얼마나 한다고 나중에 좋은 데서 사겠노라며 구렁이 담 넘어가듯 슬그머니 뒤꽁무니를 뺐다. 얼마나 야박하고 약았는지, 그래서 평생 부자로 사는지 모르겠다. 무엇보다 명화는 남의 염장을 지르는 데 선수 중에 선수였다. 하필, 다방이다냐? 아그들 앞날도 생각을 혀야제. 니도 평생 얼굴값 허고 산다이. 인자 고상 고만허고 돈 많은 영감을 하나 꼬셔라이. 번번이 이래저래 감정을 상하게 했다. 그래, 인물은 니보다야 백배는 낫제. 좋은 옷 백날 걸쳐 봐라, 태도 안 나야. 나도 할 말은 많았다. 단지 삼덕을 보며 참는 것이다. 젊은 시절부터 나와 명화 사이를 중재하느라 애먹은 삼덕에게 더 이상 폐를 끼치고 싶지 않았다.

"오메, 니가 먼 일이다냐?"

"못 할 디 다 전화헌 것은 아니제. 날은 덥고 거시기혀서 혔다이."

"여름인께 덥제. 휴가는 댕게왔냐?"

"휴가? 사람이 있어야 가제. 영감이 있는 것도 아니고 아들네랑 가기도 뭐시기 허고."

그럼 우리끼리 여행 한 번 가자고 했더니 금세 목소리에 생기가 돌았다. 이렇게 서로 마음이 맞은 건 처음인 듯싶었다. 명화는 당장 어디라도 갈 태세였다. 나는 바닷가 근처라도 가려면 자식들 도움이 필요하지 않겠느냐고, 승희에게 부탁해 보고 안 되면 다른 방법을 찾아보자고 했다.

"승희한테 부탁헐 것도 없구만. 운전은 나도 앵간치항께. 가차이만 가믄 되야. 날을 잡아 보끄나?"

명화가 운전을 한다는 얘기는 처음 들었다. 내가 평생 다방 문을 열고 닫으며 노곤한 세월을 보내는 동안 명화는 좋은 곳도 가 보고, 가고 싶은 데도 마음껏 다녔던 모양이다. 명화는 좋은 시절을 살았구나. 명화가 여행에 적극 나서주어 고마웠지만 어쩐지 뒤가 개운치 않았다.

명화는 삼덕이 여행을 망설인다는 소리를 듣더니 곧장 집으로 달려왔다. 명화도 나도 둘이서 뭘 하기에는 껄끄러운 사이였다. 삼덕이 껴야 편했다. 명화는 우리가 설득하면 마음 약한 삼덕이 함께 갈 것이라고 장담했다. 나보다 훨씬 삼덕에 대해 많이 알고 있다는 투였다. 지들끼리는 저리 친했나 싶고 괜히 삼덕에게 서운한 감정이 일었다.

그러고 보니 삼덕을 못 본 지도 여러 달 되었다. 아프다는 소리를 듣고도 병문안 한 번 가지 못해 마음이 쓰였다. 삼덕은 예순이 넘자마자 잔병에 시달렸다. 삼덕일 보면 고생 끝에 낙이 온다는 말도 다 헛소리지 싶었다. 양복점이 시절 좋을 때도 있었지만 잠깐이었고 기성복이 나오면서 쭉 내리막길을 탔다. 한창 아이들 키울 때 생활이 곤궁해지면서 고생이 많았다.

현관 벨을 여러 차례 눌렀지만 안에서는 기척이 없었다. 어딜 갔나 싶어 전화를 넣었더니 집 안에서 벨소리가 들렸다. 잠을 자는 것인지 화장실에 있는 것인지 아무리 기다려도 문을 열어주지 않았다. 다시 전화를 할까 하는 순간 낡고 오래된 문이 천천히 열렸다.

희놀놀한 얼굴로 고개를 내민 삼덕의 손에 지팡이가 들려 있었다. 그새 허리도 많이 굽었고 움직임 또한 느려졌다. 삼덕이 방바닥에 어지럽게 널린 실과 바늘을 한쪽으로 치웠다.

"바늘은 꿰서 어따 쓸라고, 무담시 심을 빼고 그러냐?"

"이걸 허고 있으면 아무 생각이 안 들어야. 다 잊어분다이. 멍청이 거치 말이여."

"다 잊어불라고 바늘귀를 꿰냐?"

"하루가 오사게 길어갖고 이거라도 혀야 시간이 간다이. 인자 헐 수 있는 일이 이것뿐이 없어야."

거동이 불편한 삼덕이 말동무도 없이 긴 하루를 보내는 것은 수월하지 않을 터였다. 젊어서는 시간에 쫓기듯 살았는데 이제는 넘쳐나는 시간 때문에 다들 곤혹스러웠다. 평생 시간에 빚이라도 진 기분이었다.

"삼덕아, 우리끼리 여행 한 번 가 보자이. 니 몸도 한 해가 다르고. 인자 못 가믄 영 못 간당께. 맴 묵었을 때 가야써."

"니그들한테 짐만 될 것인디."

"니가 안 가믄 우리도 못 가야."

내가 손을 잡고 사정을 했더니 삼덕이 지긋이 웃고는 고개를 끄덕였다. 진즉에 좀 간다고 해 주지. 남의 애간장을 다 녹이고 겨우 승낙하는 투는 뭐란 말인가 싶었지만 그래도 삼덕이 고개를 끄덕이자 됐다 싶은 마음이 들었다.

"시상에 우리 영감이 바람 나부렀어야. 좋아 지내는 여자가 있당게. 영감 없이 진수를 워찌 키울까이."

갑작스러운 삼덕의 말에 나도 명화도 놀랐다. 삼덕은 노망인지 농담인지 알 수 없는 말을 뱉어내고는 아무 일 없다는 듯이 먼 곳을 바라보았다. 명화가 정신 차리라며 어깨를 두드리자 삼덕이 눈을 몇 번 깜박거렸다.

"영감도 없고 혼자 사는 것도 영 귀찮고. 요러다가 참말로 요양병원에 들어가겄어야. 자석들이 성화여. 싸게 결정을 허라네. 나가 혼자 집에 있으믄 지그들이 불안해서 죽겄다고들 난리여."

"오살 것들."

"두어 달 전에 몸이 영 신찬해 요양병원에 한 달 있었는디 병실에서 사람이 죽었는디도 간호사도 태평허고 의사도 태평허드라야. 한 병실에서 사람이 죽응께 나는 무솨 죽겄드만 병실 보호자가 배가 고프다믄서 밥을 먹드랑게. 모른 사람인께 그럴 수 있겄다 싶다가도 사람 사는 이치가 고것은 또 아니지 싶기도 허고. 나는 가슴이 벌벌거리고 기분이 별나드만. 허망한 것 겉기도 허고. 근디 따지고 보믄 그럴 수도 있었지 싶기도 혀. 원래 죽고 사는 것에 경계가 없다고덜 항께. 근다고 혀도 벨시럽지야. 아조 벨시러. 그란 디는 인자 못 들어가겄어야. 모다들 너무 몰악스러워서 사람이 있을 디가 아닌 것 같드랑게."

"거그 들어가믄 평생 나오기 힘든갑드라. 우리 성님도 팔 년째 병원에 있어야. 자석들 얼굴 쪼깐 들이밀면 고것뿐이고, 아이구 우린 거그는 가지 말아야제."

명화가 혀를 끌끌 차며 삼덕의 말을 거들었다. 나이 들면 도리가 없다는 것을 알면서도 마음이 내키지 않는 것은 사실이었다. 좁은 공간에 대여섯 명씩 들어앉아 맥없이 시간을 보내는 곳, 오래 있으면 가족들조차 무심해지는 곳, 생각하기도 싫었다.

"우리도 이참에 살 만한 디를 찾아보자이. 천국이 있다고 안 허냐? 모다들 갔어야. 참말로 좋으믄 우리도 자리 잡고 살아불자."

"시상에 그런 디가 있을랑가? 우리 같은 늙은이들헌티는 잘 죽는 것이 천국이제. 그저 잠자는 듯 세상 떠나믄 고것이 천국 아니냐?"

"암만 죽으러 갈 것이냐? 더 좋은 시상 볼라고 떠났겄제."

"이만허믄 오래 살았어야. 인자 그만 아프고 딱 죽어불믄 좋겄어야."

"죽을 때 죽더라도 을매나 좋은 곳인지 가 보자니께. 혹시 아냐? 니 아픈 곳도 말짱해질지 말이여."

"그려?"

그렇게 우리는 여행을 떠나기로 결정했다. 말은 내가 꺼냈지만 여행에 필요한 경비를 걷거나 시장을 보는 것은 명화가 주도적으로 했다. 나는 떡을 맞추고 과일을 사는 것 외에 별다른 일은 하지 않았다. 출발 때까지 가장 바빴던 사람은 명화였고 마지막까지 망설인 사람은 삼덕이었다. 삼덕이 망설이는 바람에 결국 못 가는 것이 아닌가 걱정도 했었다. 하지만 여행 당일 아침 명화 차에 셋 모두 한 자리씩 차지한 것으로 여행은 시작되었다.

무안 IC로 진입했다. 명화가 잠시 쉬었다 가자며 한적한 곳에 차를 세웠다. 차를 세운 명화가 밖으로 나가더니 허리 운동을 했다. 한낮의 더위는 맹렬했다.

"천국이 보이냐? 아까침부터 참았는디 오줌이 급혀야."

삼덕이 더 이상은 못 참겠다며 자동차 문을 열었다. 명화가 조금만 참아 보라고 말렸지만 삼덕은 아랑곳하지 않았다. 한가한 곳이라 차도 사람도 보이지 않았으나 길가에 소변을 본다는 게 아무래도 민망했다. 저러니 노인 소리를 듣는 거라며 보는 이들이 비아냥거릴까 걱정이 되기도 했다. 처음에는 말려 볼 생각이었지만 삼덕의 울 것 같은 표정을 보니 소변 볼 만한 곳을 찾아주는 것이 나을 듯싶었다. 삼덕은 잡초가 우거진 풀숲에 자리를 잡았다. 뙤약볕 아래 삼덕은 오래 앉아 있었다. 오줌을 누고 온 삼덕의 이마와 목덜미가 땀범벅이었다. 괜한 휴가 타령으로 명화도 삼덕도 고생하는 것 같아 마음이 무거웠다. 어서 그곳을 찾을 작정으로 삼덕을 부축해 급하게 자동차에 오르는데 휴대폰이 울렸다. 승희였다. 받지 말까 싶었는데 끈질기게 울려대는 전화벨 소리가 시끄러워 통화 버튼을 눌렀다.

"어디 갔어요?"

"여행 왔다야. 친구들이랑."

승희 잔소리가 시작되었다. 아들보다야 딸이 낫지만 승희의 까칠한 말투에 서운한 적이 한 두 번이 아니었다. 여행 떠나기 이틀 전에도 승희는 노인네들끼리 무슨 여행이냐, 정말 떠날 거냐며 투덜거렸다. 자식들 걱정시키지 말고 집에 있으라는 말에 귀찮아 그러마라고 했다. 승희는 번번이 약속을 어긴다며 화를 냈다.

"덥고 거시기혀서 왔다. 모다들 가지 않냐? 너도 승우도 댕게왔고."

"같이 가자고 했을 때 엄마가 싫다고 했잖아요. 정 가고 싶으시면 내년에 같이 가도 되는데."

"느그들이랑 가 봐야 짐만 되제."

"이런 돌발 행동이 짐이에요. 노인들 운전 문제 많다고 뉴스에 나오고 하잖아요. 왜 자꾸 위험한 일들을 만드는 건지. 엄마 맘대로 떠난 여행이니까 돌아와서 아파 죽겠다거나 힘들다는 말은 하지 마세요."

전화를 끊고 나자 승희 때문에 여행을 망친 것 같아 심사가 꼬였다. 지가 뭔데 이래라 저래라 하는 건지. 나이가 들수록 서운한 일이 많아졌고 승희와 부딪치는 일도 잦았다. 제 오빠 대신해 집안 대소사를 챙기는 것은 고마웠지만 간혹 내 속으로 낳은 자식이 맞나 싶은 냉정한 말투에 속이 상했다. 여행만 해도 그렇다. 지들 가족 여행을 가겠다고 했지 같이 가겠느냐고 묻지는 않았다. 무릎 아파 어딜 다니겠냐고, 집이 천국 아니겠냐고, 나가면 돈 버리고 몸 힘들다고 분명히 그렇게 말했다.

"딸이 아들보다 낫다고 허데만 승희 본께 고것도 아닌갑써."

명화가 통화 내용을 다 듣고 있었는지 한소리 했다. 딱히 틀린 말은 아니지만 명화는 하나만 알고 둘은 모른다. 승희도 저 살기 바쁘고 고단해 나까지 챙길 여력이 없다. 돈 때문에 관계가 삐걱거릴 수 있다는 것을 명화는 알까. 세상 제일 쉬운 일이 돈으로 해결하는 일이라지만 그것은 있는 사람들 얘기였다. 없는 사람들은 돈 때문에 의가 상하고 돈 때문에 죽기도 한다.

"팔자 늘어진 니가 시상 돌아가는 일을 알겄냐? 얼척없는 소리 말고 운전에나 집중혀라이."

운전대를 잡고 있던 명화가 갑자기 고개를 돌리더니 무슨 소리냐고 소릴 질렀다. 세상 돌아가는 것은 너보다는 내가 더 잘 안다고, 너야말로 돈 좀 없을 뿐이지 뭐 그리 힘든 세월 살았냐고 목청을 높였다. 한마디 해 주고 싶었지만 알았으니 어서 앞을 보라고, 운전에 신경 쓰라고 말하는 찰나 자동차가 '쿵' 소리와 함께 멈췄다. 신호등을 받은 것이다. 명화는 놀랐는지 운전대에 머리를 숙이고 한참을 있었다. 삼덕과 내가 자동차 문을 열고 나왔다. 다행히 신호등은 멀쩡했고 명화 차도 앞 범퍼가 살짝 들어간 정도였다. 다친 사람도 없으니 이만 하면 다행이다 싶었다. 뒤늦게 문을 열고 나온 명화도 신호등과 자동차를 번갈아 보더니 별말이 없었다. 사고 신고를 해야 하지 않느냐고 물었더니 명화는 아들에게 전화를 해 보겠다고 했다. 여러 번 전화를 넣었지만 명화 아들은 전화를 받지 않았다. 일단 출발하자며 차에 오르려는데 삼덕이 신호등 옆 정자를 보더니 지팡이를 짚고 걷기 시작했다. 위태롭게 걷는 삼덕을 보며 나도 일단 좀 쉬었다 가자고 명화를 다그쳤다. 명화는 마땅찮은 표정으로 우릴 뒤따랐다.

한낮의 정자는 뜨거웠고, 마루에는 흙먼지가 쌓여 있었다. 명화가 가방에서 물티슈를 꺼내 마루를 여러 번 닦았다. 가만히 앉아 있는데도 땀이 줄줄 흘렀다. 우리는 수건으로 땀을 닦으며 칼날같이 쏟아지는 햇빛을 무심히 바라보았다.

삼덕이 햇빛을 피해 자리를 옮기더니 이왕 자리 잡았으니 점심을 먹자고 했다. 어쩔 수 없다는 듯 명화가 자동차 트렁크에서 큰 가방 하나를 들고 왔다. 가방 속에는 삶은 닭과 과일이 있었다. 나는 수건에 손을 닦은 후 닭을 잘게 찢었고, 삼덕은 가방 한쪽에 챙겼다는 소금을 찾았다. 없어야. 분명히 챙겼는디 말이여. 삼덕이 여러 번 가방을 뒤졌지만 소금은 보이지 않았다. 결국 우리는 소금도 없이 삶은 닭을 먹었다. 식은 닭은 싱거웠고 퍽퍽했다. 입이 텁텁해 과일이라도 한 조각 먹고 싶었지만 씻을 곳이 없었다. 물을 찾아 두리번거리던 명화가 수건으로 대충 닦아 먹자고 말했다. 포도는 밍밍했고 참외는 너무 익어 아삭한 맛이 없었다.

식사를 마치자 피곤이 몰려왔다. 기껏 찾아온 곳이 시골 마을 정자라니. 승희 말마따나 고생을 사서하고 있었다. 뜨거운 땡볕 아래서 뭐하는 짓인가 싶었다.

삼덕이 배낭 속에서 바늘과 실을 꺼냈다. 무슨 청승인가 싶었지만 내버려 두었다. 명화가 피곤하다며 가방을 베고 자리에 누웠다. 바늘 귀를 꿰던 삼덕이 명화 옆에 누웠고 나도 눈을 붙였다. 잠깐 눈만 붙이자고 했는데 눈을 뜨니 다섯 시였다. 부스스 명화가 자리를 털고 일어났다. 늦은 오후가 되니 바람이 불어 그나마 시원했다.

"어서 무신 똥 냄시 나지 않냐?"

명화가 신발을 찾아 신었다. 코를 킁킁거리던 명화가 정자 밖을 빙 둘러보더니 삼덕을 바라보았다. 설마 삼덕이 그랬을까. 명화가 난처한 표정을 지었다. 아니겠지. 나는 조심스럽게 삼덕이 곁을 킁킁거렸다. 쉰내가 나기는 했지만 똥 냄새는 아니었다. 아니라는 눈짓을 하자 명화가 풀썩 주저앉았다. 뭣도 모르고 바늘만 붙들고 있는 삼덕에게 미안한 마음이 들었다.

"나도 하나 꿰어 주끄나."

얌전히 앉아 바늘을 꿰는 줄 알았는데 삼덕이 그동안 꿴 바늘의 실을 몽땅 빼고 있었다.

"포도시 꿰 놓고 다 빼불믄 워찐다냐?"

도대체 왜 이러나 걱정스러운 마음에 나도 모르게 삼덕을 향해 소리를 질렀다. 놀란 삼덕이 멍한 표정으로 나를 바라보았다.

"피곤하면 쪼깐 쉬어라이, 무담시 일 맹글지 말고."

내가 치마 위에 있는 바늘과 실을 정리하자 삼덕이 내 손목을 거칠게 낚아챘다. 바늘이 우수수 바닥으로 떨어졌다. 놀란 명화가 삼덕이 등을 조심스럽게 쓸었다. 얌전해진 삼덕이 명화 손에 이끌려 정자 기둥에 등을 기댔다. 삼덕이의 얕은 숨소리가 들렸다.

"명화야, 날 저물기 전에 광주 가끄나? 아들한테 전화는 왔냐?"

"바쁘다고 문자 한 줄 왔어야. 썩을 놈의 자식."

"우리 광주 가자."

"집은 왜 자꼬 가자고 허는 거여. 기다려주는 사람이 있냐? 반겨주는 사람이 있냐? 급헐 것이 머시 있어. 승희 때문에 그라냐?"

승희? 잊고 있었다. 밖으로 나와 그런지 약 먹는 것도 잊고, 자식들 걱정도 되지 않았다. 에라, 모르겠다 싶었다.

"모다들 갔다는디 우리도 싸게 가야제. 얼른 인나라. 홀통 해수욕장만 가믄 된다고 했제?"

명화가 서둘러 자리를 털고 일어났다. 나는 먹다 남은 음식을 정리했고 삼덕은 배낭에 바늘과 실을 넣었다. 집에 있을 때는 하루가 일년 같았는데 야외로 나오니 시간이 후다닥 지나갔다. 벌써 해가 넘어가고 있었다.

경로를 이탈했습니다. 내비게이션이 차분하게 길을 안내했지만 명화는 또 길을 잘못 들었다. 이대로 천국을 찾을 수 있을까? 김 노인에게 전화를 넣어 볼까? 나는 명화 눈치를 살피며 휴대폰을 열어 통화 버튼을 눌렀다. 긴 통화 연결음 끝에 그의 목소리가 들렸다. 천국? 나가 시방 천국에 있는디? 김 노인 목소리와 함께 허스키한 여자 목소리가 들렸다. 곧 익숙한 노랫소리와 이겼니, 졌니, 흥분한 사람들의 목소리가 통화 종료 버튼과 함께 사라졌다.

"워째 끊어버리는 거여? 찬찬히 쪼깐 물어보제만."

"명화야, 아조 깜깜허다. 쉬었다 가자이. 하루 늦게 간다고 무신 일 있을라고."

"니는 매사 뒤끝이 야물지가 못혀. 여그까지 왔으믄 찾아야제."

"니 운전 실력으로 가기나 허겠냐? 또 사고 나면 어쩔라고?"

"워매매, 공연시 가만있는 사람헌티 천국 가자고 바람 넣은 사람이 누군디?"

명화가 갑자기 브레이크를 밟는 바람에 뒷좌석에 실었던 짐들이 우르르 쏟아졌다. 잠에 빠진 삼덕이도 깜짝 놀라 눈을 떴다. 싸움이 날까 싶어 늦기 전에 서둘러 가자고 명화를 달래는데 목적지에 도착했다는 내비게이션의 목소리가 들렸다.

천국에 왔는 가비네. 삼덕이 먼저 자동차 문을 열고 내렸다. 밖은 깜깜했다. 근처가 바닷가일 텐데 파도 소리는 들리지 않았다. 정말 천국인가? 다시 되돌아가야 하는 것 아닌가 싶었는데 삼덕이 큰 소리로 말했다. 저그, 저 달인 갑써야. 달이 아조 나찹게 떠 있네이. 오사게 이쁘다야. 삼덕이 앞장서 걷기 시작했다. 그 뒤를 나와 명화도 따라갔다. 손에 닿을 듯 낮게 뜬 달이 하늘에 꽉 차 있었다. 아이, 명화야. 토끼가 있나 봐라이. 달이 하도 커서 실컷 뛰어놀 것이어. 니그들 눈에는 안 보이냐? 아주 통실통실한 토끼가 놀고 있구만이. 우리 셋은 박장대소하며 웃었다. 마치 어린 시절로 돌아간 듯했다. 앞서거니 뒤서거니 걷는 길에 달이 벗이 되었다. 천국 가는 길이 맞는 갑서. 우리가 가는 길만 훤하다야. 명화가 들뜬 목소리로 말했다. 근디 한 번 들어가믄 못 나온 것은 아니것제? 핑생 살아불믄 좋제. 나도 한마디 거들었다. 우리 셋은 다리 아픈 것도 잊고 신명나게 달을 좇아갔다.

한참을 걸었는데 어느새 달이 온데간데없이 사라졌다. 달이 사라졌는데도 주위는 더욱 환하게 빛났다. 자취를 감춰버린 달 대신 수없이 많은 별들이 반짝거렸다. 우리는 사라진 달을 찾기 위해 걸음을 멈췄다. 걸음을 멈추고 살피니 별들 사이로 모텔, 파라다이스가 우뚝 서 있었다. 모텔, 파라다이스? 우리 셋은 멀뚱히 서로를 바라보았다. 좀 전까지 길을 비추던 달은 파라다이스 모텔 꼭대기에 설치된 조명이었다. 눈부시게 밝은 별들은 건물을 감싸고 있는 작은 전구들이었다. 마치 크리스마스트리 같았다. 건물 가까이 다가가니 전구 몇 개는 깨져 있고, 외벽은 군데군데 칠이 벗겨져 있었다. 이름만 모텔이지 오래된 여관이었다. 이것이 뭐시다냐. 설마 여가 천국은 아니것제? 명화가 한숨을 토해냈다. 나도 다리에 힘이 풀렸다. 잘 됐다이. 싸게 들어가자. 삼덕이 모텔 안으로 들어갔다. 실망한 기색이 역력한 명화도 지친 삼덕을 보더니 힘없이 고개를 끄덕였다.

모텔 안은 어두웠다. 조도가 낮은 등 때문에 안내 데스크에 사람이 있는 것도 몰랐다.

"어르신 세 분인가요?"

명화가 고개를 끄덕이며 안내 데스크 안으로 머리를 쏙 내밀었다.

"뭐 하나 물어볼게라. 여 근처 어디 천국이 있다든디. 아시오?"

"천국이요? 여기가 천국이지요."

"아니, 진짜 천국 말이요. 진짜 천국."

"이 동네 전체가 천국이 맞네요. 낼 아침 나가 보세요. 얼마나 좋은 곳인지 알게 될 겁니다."

천국에는 승강기도 없었다. 우리는 계단을 올라 어두컴컴한 복도를 지나 203호 방문을 열었다. 퀴퀴한 냄새와 락스 냄새로 이마가 찌푸려졌다. 누렇게 때를 탄 벽지는 들떠 있었고 잔꽃이 수놓아진 이불과 베개는 새까맸다. 그나마 에어컨은 있었다.

짐을 풀자마자 명화와 삼덕이 자리를 잡고 누웠다. 내가 배낭에서 남은 떡과 과일을 꺼내 주었지만 둘은 음식에 손을 대지 않았다. 말없이 바닥에 누워 있던 명화가 우선 씻어야겠다며 화장실로 들어갔고 나는 우두커니 벽에 기대앉았다. 찬찬히 알아볼 것을. 후회가 밀려왔다. 용순아, 너도 언능 씨쳐라잉. 물은 콸콸 나온다야. 개안하구만. 성을 낼 줄 알았던 명화가 아무렇지 않게 웃는 얼굴로 나왔다.

"명화야, 용순아. 여그 천국 맞지야? 좋다야. 온통 꽃 천지랑개."

낡은 벽지와 장판도 꽃무늬였다. 참말로 우리가 꽃에 파묻혀 있어야. 꽃 천국이다야. 명화가 삼덕이 말에 맞장구를 쳤다.

"집에 있으믄 지금도 바늘귀만 꿸 것인디……."

"징일 바늘을 끼고 있드만."

"오늘은 손이 많이 놀았당게. 니그들이랑 있은게 꼭 옛날로 돌아간 거 가터."

미소 짓고 있는 삼덕을 보니 덩달아 내 마음도 편해졌다. 그려, 오늘 밤은 셋이라 좋구만. 휴가는 지대로 왔네. 명화가 호들갑스럽게 웃으며 말했다. 성정 드세고 얄미운 짓만 했던 명화에게 저런 면이 있었을까? 삼덕이 곁에 앉아 투정 없이 이야기를 나누고 있는 명화가 내가 알던 명화가 맞나 싶었다.

명화 말마따나 물은 잘 나왔다. 씻고 나오니 둘은 어느새 잠들어 있었다. 베개에 나란히 누운 둘은 요란스럽게 코를 골았다. 서늘한 기운이 느껴져 둘에게 이불을 덮어 주었다. 나도 그 둘 옆에 나란히 누웠다. 그래, 여가 천국이제. 발 뻗고 편히 누울 수 있으믄 천국이 맞제. 내일 아침 명화가 변덕을 부려 싫은 소리 하면 나도 한마디 해야겠다. 배고픈 것도 모르고 푹 잤으믄 됐제 천국이 따로 있다냐? 나는 니그들 코 고는 소리에 한숨도 못 잤어야. 나만 천국에 못 갔구만. 그렇게 말이다.

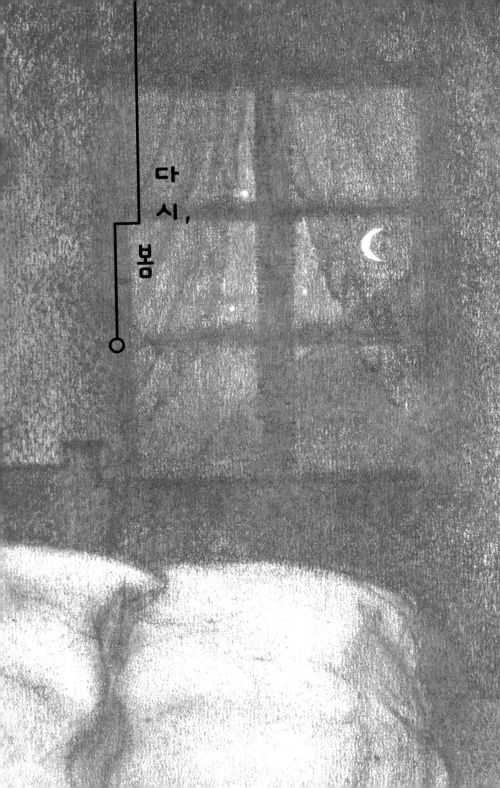

다
시,

봄

터미널까지 가는 지하철 안에서 나는 한쪽 어깨를 차체 벽에 기대고 눈을 감았다. 피곤하기도 했지만 지하철 내 소음에서 벗어나고 싶기도 했다. 일정한 간격을 두고 들리는 안내 멘트가 오래도록 귓가에 머물렀다. 아무래도 자동차를 가져가는 게 낫지 않았을까 후회가 되었다.

여행은 충동적인 결정이었다. 아니 여행이라는 말은 가당치 않다. 그저 한동안 발길을 끊었던 고향을 방문하는 길이었다. 갑작스럽게 결정된 휴가 때문에 섣부른 행동을 한 것이 아닌지 고민이 되기도 했다. 토요일 오전, 서두르는 사람들 틈에 섞이기도 힘들었다. 자주 어깨를 부딪혔고 길을 헤맸다. 아무래도 길을 나서기에 적당한 날이 아닌 것 같았다.

'픽' 소리에 놀라 눈을 떴다. 소리가 난 쪽에서 사람들이 웅성거렸다. 중년 여자가 허리를 굽혀 급하게 무엇인가를 담고 있었다. 아까워서 어쩌나. 여자는 연신 아쉽다는 듯 한숨을 쉬었고 가방에서 휴지를 꺼내 지하철 바닥을 쓸고 있었다. 여자의 손에는 깨진 화분이 들려 있었다. 다행히 다친 사람은 없는 것 같았다. 여자는 곧 울 것 같은 표정이었다. 흙을 쓸어 모으던 여자는 주변 사람들에게 비닐봉지가 있는지 물었지만 다들 고개를 돌리며 여자 곁에서 멀어졌다. 여자의 화분에서 떨어진 흙이 내 다리까지 튀었다. 나는 청바지에 묻은 흙을 털어냈다. 까슬까슬한 흙의 감촉이 그대로 전해졌다.

"화분에 물은 왜 안 주는 거야? 다 시들었어. 언니는 식물을 죽이려고 들여놓은 사람 같아."

미간에 잔뜩 힘을 주며 은수가 말했다. 화분을 방치한 채 그대로 둔 적은 없다. 햇빛이 잘 들어오는 곳을 골라 화분을 두었고 잊지 않고 물을 주었는데도 식물은 한 달을 넘기지 못하고 시들었다. 어쩔 수 없는 일이었다.

봄이 되면 나는 길에서 파는 작은 화분들에 마음을 뺏겼다. 미니장미, 튤립, 히아신스, 프리지어, 수선화처럼 빛깔이 고운 꽃들을 집에 들였다. 하지만 내 손에 들어온 식물은 곧 꽃이 떨어지고 줄기가 약해지고 뿌리가 말랐다.

"죽이려고 식물을 사는 사람은 없어."

"근데 왜 자꾸 죽는 걸까, 이상하네."

은수가 혼잣말을 하며 자리를 털고 일어났다. 은수의 말투가 거슬렸다. 나는 은수의 씁쓸한 미소를 놓치지 않았다. 은수는 늘 그런 식이었다. 차라리 대놓고 내 행동을 지적한다면 왜 그럴 수밖에 없었는지 답을 할 수 있을 것이다. 하지만 은수는 알 듯 모를 듯 돌려 말하는 재주가 있었고 그것들은 대부분 나를 비난하는 것이었다. 은수가 화분을 집으로 가져가겠다고 했지만 거절했다. 은수의 손에서 살아나는 식물을 보고 싶지 않았다. 여기 두면 전부 죽을 텐데? 하며 나를 빤히 바라보는 은수를 애써 외면하며 화분 속 마른 흙을 만졌다.

"이번 역은 고속버스터미널역입니다. 내리실 문은 오른쪽입니다."

지하철에서 내리자마자 사람들의 걸음이 빨라졌다. 같이 내렸던 사람들이 곧 시야에서 사라졌다. 부산하게 움직이는 사람들 때문에 멀미가 났다. 여기저기서 쏟아지는 인파 속에서 나는 허둥대고 있었다. 역에서 터미널을 찾는 것도 쉽지 않았다. 안내표지판을 따라 갔는데도 번번이 길을 잘못 들어 돌아 나오기 일쑤였다. 가만 보니 번잡스럽게 움직이는 사람은 나뿐이었다. 다들 걸음은 빨랐지만 일정한 리듬을 타며 규칙적으로 걷는 듯 보였다. 겨우 찾은 터미널 안에 들어서자 숨이 막힐 것 같았다. 식당가는 물론 커피숍, 대합실, 가는 곳마다 사람으로 꽉 차 있었다. 나는 방향 감각을 완전히 잃었다. 매표소를 찾아 이곳저곳을 헤맸지만 왠지 제자리를 돌고 있는 듯 느껴졌다. 정신이 나간 듯 멍하니 서 있는데 안내 데스크가 보였다. 매표소를 찾고 있다고 말하자 직원은 바로 맞은편에 있지 않느냐며 웃었다. 안내 데스크 바로 옆에 매표소가 있었다. 고개만 들어도 눈에 띄는 곳, 그곳에.

몇 시 차를 타야 할지 생각했다. 너무 빨리도 늦지도 않게 도착하고 싶었다. 매표소 직원이 몇 시 차를 끊을 것이지 거듭 물었다. 그녀는 주말이라 최소 한 시간은 기다려야 버스를 탈 수 있다고 말했다. 그녀가 빠른 말로 오후 한 시 버스가 괜찮은지 물었고 나는 고개를 끄덕였다. 표를 챙길 새도 없이 그녀는 뒤쪽을 바라보며 다음 분, 어디 가실 건가요? 큰 소리로 말했다. 나는 주섬주섬 표를 챙겨 주머니에 넣었다. 바쁜 세상이었다. 다들 어디로 떠나는 걸까. 주말이라지만 이렇게 많은 인파가 움직일 것이라고는 생각하지 못했다. 출발 시간에 여유가 있었지만 카페마다 빈자리가 없어 자판기 커피를 뽑았다.

"불면증이다 뭐다 하면서 커피는 왜 못 끊는 거야? 신경성이니 스트레스성이니 갖다 붙이지 마. 언니가 힘든 일이 뭐가 있어? 바쁘게 일해 봐, 밤에 잠이 안 오나."

은수가 불쑥 끼어들었다. 불면증이 지속되면서 나는 아무것도 삼킬 수 없었다. 억지로 먹으려 해도 음식은 식도에서 걸려 삼켜지지 않았다. 그래서 더욱 커피를 마셨다. 카페인은 기운을 차리는 데 도움이 되었다. 섭식장애까지 앓게 되면서 살은 칠 킬로그램 넘게 빠졌다. 내 삶이 평탄했다고 말할 수 있는 사람은 은수뿐 아닐까 생각했다. 은수가 말하는 평탄한 삶이란 어떤 삶일까. 나는 그저 단조로운 일상을 보내고 있을 뿐이었다.

옷가게를 시작하면서 대부분의 시간을 가게에서 보냈다. 외출은 거의 없었다. 옷가게를 열겠다고 했을 때 엄마도 은수도 말렸다. 엄마는 장사가 쉬운 일이 아니라고 말했고 은수는 스타일이나 감각이 없는 언니가 옷을 판다는 것이 말이 되느냐고 한숨을 쉬었다. 대체로 맞는 말이었다. 하지만 달리 방법이 없었다. 오 년을 쏟아부은 공무원 시험은 번번이 낙방했고 더 이상 공부를 하고 싶지도 않았다. 장사를 하겠다는 것을 빌미로 나는 K시를 떠났다. 고향에서 되도록 멀리 떠나고 싶었다.

바느질이 끝나지 않은 옷들은 신경을 자극했지만 완성된 옷들은 평안함을 주었다. 마무리가 끝난 옷들을 보는 것은 즐거운 일이었다. 마네킹에 디스플레이할 옷들을 고르고 진열하는 일을 시간 가는 줄 모르고 했다. 때 이른 옷을 입은 마네킹과 유리문 밖의 사람들을 바라보며 두 계절을 느꼈다. 지나가는 사람들이 흘낏 마네킹을 바라보았고 나는 마네킹을 바라보는 사람을 살짝 훔쳐보았다. 옷가게에서 나는 정물처럼 지냈고 다람쥐 쳇바퀴 돌리듯 시간을 보냈다. 이대로의 삶도 괜찮다고 생각했다. 하지만 불면을 시작으로 섭식장애까지 재발하면서 나는 유폐되고 있었다. 병원을 찾는 횟수가 늘었고 그만큼 먹는 약의 가짓수 또한 늘었지만 건강은 호전되지 않았다. 나를 진찰한 의사는 마음을 편하게 가져보라고 조언했다. 하지만 그런 말들은 전혀 도움이 되지 않았다.

"계절이 바뀌어서 기분이 좀 처진 것뿐이야. 좀 쉬면 낫겠지."

"또 봄 탓이야? 항상 봄이 문제지. 근데 언니가 옷가게를 한다는 거, 생각할수록 웃겨. 양복점이 망한 게 기성복이 나오면서부터잖아. 아버지는 언니가 옷가게를 한다면 뭐라고 하실까? 아버지는 대충 만든 옷이라며 기성복을 엄청 싫어했잖아."

은수가 웃었다.

"그저 먹고 살려고 하는 일이지. 아버지도 그랬고 나도 그래."

"그렇다면야 뭐. 하여튼 쉬게 되면 집에 다녀올 거지?"

집, 어느? 무슨 말인지 몰라 은수를 바라보자 은수가 그럴 줄 알았다는 듯이 잔소리를 토해냈다.

"이래서 난 언니가 싫어. 순진한 척하지만 계산이 아주 빠른 거지. 언니한테 엄마가 있긴 있는 거야? 엄마 무릎 수술 했을 때도 안 갔잖아. 언니가 집에 가지 않은 지 십 년이 넘었어. 사라진 언니 엄마를 대신해 희생한 대가가 고작 그런 거야? 언닌 받을 건 다 받아놓고 이제나 몰라라 하고 싶은 거지?"

은수는 돌아가신 엄마가 아닌 사라진 엄마라고 말했다. 사라진, 이라는 단어를 듣자 가슴 밑바닥부터 찬바람이 불었다. 은수는 내게 뭘 더 이야기하고 싶은 걸까. 은수는 지난 일을 마치 꿰뚫고 있다는 듯이 말했다. 하지만 그럴 리는 없다. 과민해진 탓이리라. 엄마가 수술했다는 것은 알고 있었다. 한 번 내려가야지 했는데 시간을 내지 못했다. 주말에는 더 바빴고 평일 하루로는 K시까지 가기는 무리였다. 어쩌다 보니 그렇게 되었다.


K시 1:00, 출발 시간을 알리는 전광판에 붉은 글씨가 들어왔다. 출발 시간이 한 시라면 넉넉잡아 다섯 시에는 도착할 것이다. 주말이라 막힐 것을 감안해도 여섯 시쯤일 것이다. 조금 애매한 시간이라는 생각이 들었다. 나는 자리에서 일어나 매표소를 다시 찾았다. 그리고 직원에게 예매한 표를 취소하고 두 시 것으로 달라고 했다. 뭔가 변명할 거리를 찾고 있었는데 직원은 무표정한 얼굴로 곧 새로운 차표를 주었다.

대합실로 돌아왔을 때 빈자리가 보이지 않았다. 내가 앉았던 자리에는 오십 대로 보이는 여자가 자리를 차지하고 있었다. 여자의 옆자리가 빈 것 같아 가까이 다가갔더니 의자 위에는 숄더백이 놓여 있었다. 복잡한 대합실에서 여자는 두 자리를 차지하고 있었다. 백을 내려 줄 수 있겠냐고 물었을 때 잔뜩 어깨를 움츠려 손을 놀리던 여자가 고개를 들었다. 여자가 백을 바닥에 내려놓았는데 백 사이로 하얀 털실이 보였다. 여자는 목도리를 뜨는 것 같기도 했고 방석을 뜨는 것 같기도 했다. 나는 사람 많은 대합실에서 신발까지 벗어두고 뜨개질을 하는 여자를 유심히 바라보았다. 여자는 틈틈이 고개를 들어 대합실을 두리번거렸다. 일행을 기다리고 있는 것처럼 보이기도 했다. 갑자기 뜨개질을 멈춘 여자가 가방 속에서 차표를 꺼냈다. 시간을 확인하려는 모양이었다.

나도 가게에 앉아서 뜨개질을 하면 어떨까 싶은 생각이 들었다. 시간을 보낼 수 있는 무엇이 있다면 마음이 편할 것 같기도 했다.

"단지 습관이죠."

여자가 나를 바라보며 말했다. 내 시선을 느꼈던 모양이었다. 나는 괜히 겸연쩍었다.

"가게를 하거든요. 심심할 때 하면 좋지 않을까 싶어서요."

여자가 낮게 웃더니 가방 속에서 물을 꺼냈다. 뜨개질을 내려놓은 여자의 손은 심하게 떨리고 있었다. 여자의 손은 아주 부자연스러웠다. 여자의 손이 안정적으로 느껴질 땐 뜨개질을 하고 있을 때였다.

날 낳았던 엄마는 늘 바늘을 꿰며 살았다. 바늘귀를 꿰고 있을 땐 엄마는 마치 귀가 먹은 사람처럼 보였다. 머리카락같이 얇은 실을 작은 바늘귀에 넣는 것은 쉬운 일이 아니었다. 침을 여러 번 발라 실을 빳빳하게 세워야 실은 바늘귀를 통과할 수 있었다.

나를 키웠고 은수를 낳은 지금의 엄마 또한 바늘에 실을 꿰며 살았다. 양복점을 하는 아버지와 사는 여자들에게 바늘귀를 꿰는 것은 그대로 일상이었다. 바늘귀를 꿰어 놔야 일에 속도가 붙었다. 아버지는 가봉에서 박음질까지 대부분 손바느질을 했다. 실이 꿰어진 바늘은 늘 부족했다. 텔레비전을 보면서도 옆집 아주머니와 수다를 떨면서도 엄마의 손에는 늘 바늘이 있었다.

"얘가 지앙스럽네. 어째 그리 딱 들러붙어 있나 몰라. 친엄마는 벌써 잊어버렸나?"

"사람 품이 그리운 거지."

"저 때문에 지 엄마가 그렇게 되었다는 것은 알아? 애가 사람을 쳐다보는 눈빛이 예사롭지 않은 것 같아. 좋은 기운이 느껴지지 않는다니까."

"시체도 못 찾았다지?"

"희수 듣겠네. 조용히 해."

바늘귀를 꿰고 있는 엄마와 동네 여자들이 소곤소곤 이야기를 나눴다. 나는 간혹 엄마의 목소리에 대해 생각했다. 쉿, 조용히 해. 엄마가 말했던가. 아니다. 그것은 동네 아주머니가 했던 말 같기도 했다. 기억은 시간에 따라 상황에 따라 왜곡될 수 있다. 그때의 일이 떠오를 때마다 기억의 오차에 대해서도 생각했다. 잊고 싶은 기억이 불쑥불쑥 떠올라 나는 곤란했다.

어릴 적 나는 자주 울었다. 지금은 눈물이 많은 편이 아니지만 그땐 왜 자꾸 울었는지 모르겠다. 툭하면 병치레를 했던 탓일 수도 있을 것이다. 엄마는 그런 나를 따뜻한 손길로 어루만져 주었다. 엄마는 정이 많은 사람이었다. 엄마는 전 남편과 이혼 후 아버지를 만났다. 아이들을 두고 온 엄마는 나를 지극정성으로 대했다. 자신의 아이들도 나처럼 사랑을 받고 자랐으면 하는 마음 때문이었다. 자라면서 엄마에게 섭섭함을 느낀 적은 별로 없었다. 대학을 보내지 않겠다는 아버지를 설득한 것도 엄마였다. 그때도 엄마는 바늘귀를 꿰면서 말했다. 공부만 해라, 돈 걱정은 말고.

여자가 내게 대바늘을 건넸다. 보기보다 쉽다며 여자는 한번 해 보라며 나를 재촉했다. 굳이 그러지 않아도 된다며 여러 번 사양했는데도 여자는 끈질기게 졸랐다. 하얀 실로 동그랗게 원 모양을 만들어 그 원 안으로 실을 빼냈다. 그러자 한 코가 완성되었다. 여자의 말처럼 어렵지는 않았다.

K시 2:00 전광판에 다시 불이 들어왔다. 나는 서둘러 백을 챙겼다. 뜨개질을 하던 여자가 뜨고 있던 것을 숄더백에 넣었다. 여자가 먼저 버스에 올랐다. 여자는 자신이 손수 떴을 법한 보랏빛 스커트와 하얀 카디건을 입었다. 그녀의 숄더백 또한 뜨개로 만든 것이었다. 여자의 옷차림은 시선은 끌었지만 그것뿐이었다. 예쁘지 않았고 오히려 불편할 것 같았다.

어릴 적 나도 아버지가 만들어 준 옷을 자주 입었다. 블라우스나 재킷, 바지가 대부분이었는데 색깔도 스타일도 마음에 들지 않았다. 양복점에서 쓰다 남은 천들은 대개 단색이었고 성인 남자 양복 스타일로 만든 재킷은 나와 어울리지 않았다. 옷이 완성되면 다 되었으니 어서 입어 보라 재촉하는 엄마를 보면 당혹스러웠다. 나는 바지는 싫다거나 옷이 덥다거나 불편하다며 입지 않았다. 상의와 하의 모두 같은 색상으로 만든 옷은 사람들의 시선을 자주 끌었고 그만큼 나는 부담스러웠다.

교내 합창 활동을 했을 때도 선생님은 내 유니폼 색깔과 디자인을 지적했다.

"왜 네 것만 다른 거니?"

아버지가 만들어 주신 블라우스는 아이들과 달랐다. 아이들 것은 까슬까슬한 천이었고 내 것은 부드러운 천이었다. 색깔도 아이들에 비해 내 것은 조금 연한 편이었다. 노래를 부를 때마다 옷에 신경이 쓰였다. 선생님은 유니폼이 다른 친구들과 어울리지 않아 눈에 띈다며 내게 맨 뒷자리로 가라고 하셨다. 키가 작았던 나는 발뒤꿈치를 들고 노래를 불렀다.

버스에 올라 좌석 번호를 찾았다. 내가 앉을 좌석은 맨 뒤쪽 두 번째였다. 그나마 창가 쪽이라 다행이라는 생각이 들었다. 자리를 잡고 앉자 갈색 모자에 등산복을 입은 남자가 옆 좌석에 앉았다. 그는 일행과 같이 앉지 못하는 것을 아쉬워했다. 그의 일행은 뜨개질 여자 옆자리였다. 나는 남자가 자리를 바꿔달라고 하면 어떻게 대답해야 할지 생각했다. 그녀의 뜨개질은 K시에 도착할 때까지 계속될 것이다. 신경이 쓰일 것 같았다. 부탁을 한다면 거절해야겠다고 마음먹었는데 남자는 별다른 말없이 자리에 앉았다.

버스에 자리를 잡은 사람들은 대개 상춘객으로 보였다. 그들은 남도 어디쯤, 꽃놀이나 봄 축제를 찾아 떠난 듯싶었다. 유쾌한 웃음소리와 상기된 목소리가 밀폐된 공간을 꽉 채웠다. 버스가 출발하고도 소란스러움은 진정되지 않았다. 앞에 있는 일행과 큰 소리로 이야기하던 옆 좌석 남자가 배낭을 열더니 일행에게 떡을 건넸다. 그와 함께 온 일행이 떡을 받아들자 곧 시끄러운 목소리는 잦아들었다. 남자가 떡이 든 비닐봉투를 열었다. 여러 색의 송편이 들어 있었다. 괜찮다는데도 남자는 내게 떡을 권했다. 달고 쫀득거리는 송편을 먹으며 물을 사올 걸 후회했다. 하지만 버스는 이미 도로 한가운데 있었다. 버스는 가다 서다를 반복했고 길은 쉬이 풀리지 않았다. 눈을 감고 잠시 자야겠다고 생각했는데 휴대폰이 울렸다. 관리사무소였다.

"지하 주차장 물청소하는 날입니다. 차를 빼주셔야겠네요."

며칠 전부터 아파트 출입문 안내판에 지하주차장 청소 관련 안내문을 본 것 같았는데 오늘이 청소하는 날인 줄은 몰랐다. 나는 관리소장에게 거듭 죄송하다고 말했다. 관리사무소장은 멀리 가셨다니 어쩔 수 없다며 전화를 끊었다. 기억해야 하는 것들은 쉽게 잊었고 잊어도 될 일은 수시로 떠올라 나를 당혹스럽게 했다. 정호는 종종 내가 약속을 지키지 않는다며 화를 냈다. 하지만 내가 그런 약속을 했는지도 기억나지 않아 나는 좀 억울했다.

정호는 간간이 연락하는 고향 친구였다. 고향 모임에 참석하지 않으면서 대부분 친구들과 연락이 끊겼지만 모임에서 대표를 맡고 있는 정호는 정기적으로 내게 연락을 해왔다.

며칠 전, 마감 시간 즈음에 정호가 찾아왔다. 경쾌한 차임벨 소리에 고개를 드니 넉살 좋은 정호가 손을 흔들었다. 정호 뒤로 여자가 따라 들어왔는데 자세히 보니 미애였다. 정호와 미애는 술을 좀 마신 듯했다. 그들의 높은 목소리가 좁은 매장 안을 가득 채웠다.

"오겠다고 하구선 왜 자꾸 약속을 어겨?"

가게에 들어서자마자 정호가 볼멘소리를 했다.

"내가 가겠다고 했니?"

정호와의 약속이 기억나지 않았다. 나는 친구들을 만날 생각이 없었고 만날 상황도 아니었다. 오랜만에 만난 그들과 어색할 것이 뻔했고 대화에 자연스럽게 낄 수도 없을 것이다. 진한 화장에 몸에 꽉 낀 흰바지를 입은 미애가 매장 이곳저곳을 둘러보았다.

"이런 데서 장사가 되니? 서울에 이런 시골 동네가 있는 줄 몰랐네."

미애는 옷걸이에 걸린 옷들을 손가락으로 훑으며 빠르게 살펴보았다. 마네킹이 입고 있는 꽃무늬 원피스를 한참 바라본 미애가 말했다.

"네 가게 옷은 좀 다르다."

미애는 딱히 살 만한 옷이 없다며 알 듯 모를 듯 미소를 지었다. 색깔이나 디자인이 자신과는 어울리지 않아 다음에 다시 들러야겠다고 말했다. 미애가 매장 구석에 있는 작은 의자에 앉았다. 미애의 얼굴은 많이 달라져 있었다. 나이에 비해 젊어 보이긴 했지만 어딘지 어색했다. 성격도 많이 바뀐 듯했다. 술을 마신 탓인지 삶이 달라진 탓인지 알 수 없었다.

"넌 왜 K시를 떠난 거야, 겨우 이런 데서 옷가게 하려고 온 거야?"

나는 미애의 갑작스러운 질문에 당황했다. K시를 떠난 이유, 그저 떠나고 싶었기 때문이었다. 내가 별말 없이 미애를 바라보자 정호가 나섰다.

"뭘 해도 서울이 낫지. 안 그래? 너도 K시 떠나 살잖아."

정호가 너털웃음을 지었다. 미애가 마지못해 고개를 끄덕이더니 자리를 털고 일어났다.

"아니, 난 얘가 어릴 적 그 일 때문에 K시를 떠난 것 아닌가 해서."

"너무 오래된 이야기다. 아직까지 못 잊고 살겠어. 야, 얼른 가자. 희수야, 다음 모임에는 꼭 나와라. 약속한 거다."

차임벨 소리와 함께 그들이 빠르게 사라졌다. 나는 그들 때문에 마감 시간이 늦어진 것이 짜증났다. 가방에 넣어 둔 생수를 꺼내 마셨는데 물을 삼킬 수 없었다. 입을 틀어막았지만 손가락 사이로 샌 물이 가게 바닥으로 떨어졌다. 구역질이 나기 시작하자 속에 있는 것들이 전부 넘어왔다. 노란 위액까지 토하고 나서야 속이 진정되었다. 휴지로 바닥을 닦아냈다. 그들이 사라진 출입문과 마네킹의 뒷모습을 바라보며 부지런히 바닥을 청소했다.

마감을 끝내고 나왔을 때 밖은 너무 고요했다. 예고 없이 찾아온 그들은 급작스럽게 사라졌다. 늦은 시간이 아니었는데도 길을 걷는 사람은 보이지 않았다. 적막함과 어둠뿐이었다. 긴 터널에 갇힌 듯 숨이 막혔고 식은땀이 났다. 나는 발을 떼지 못하고 그 자리에 주저앉았다. 어디선가 인기척이 들리는 것도 같아 고개를 들어보았지만 아무것도 보이지 않았다. 엉켜버린 실을 보듯 막막함이 느껴졌다. 좀 쉬고 싶다는 생각이 들었다.

버스가 휴게소로 들어섰다. 서울에서 휴게소까지 예상 시간보다 사십 분이 더 걸렸다. 휴게소 입구에서도 버스는 십 분을 멈춰 있었다. 버스가 정차하자 버스 안에 있는 사람들이 서둘러 자리에서 일어났다. 휴게소 안은 많은 사람들이 이리저리 몰려다녔다. 버스에서 내린 사람들이 급히 뛰자 덩달아 나도 그들과 함께 뛰었다.

화장실은 이미 도착한 버스에서 내린 사람들이 입구까지 줄을 서고 있었다. 운전기사는 휴게소에서 십오 분 동안 쉬겠다고 말했다. 그 안에 화장실을 다녀올 수 있을지 걱정되었다. 줄곧 참았는데 곧 소변을 볼 수 있을 거라 생각하자 더 갈급해졌다. 대기 줄이 줄지 않아 조바심이 났고 그 자리에서 소변이 터질 것 같아 참을 수 없을 것 같았다. 화장실에 들어가자마자 오래 앉아 있었고 일을 본 뒤 버스를 향해 뛰었다.

다들 오셨습니까? 운전기사가 일어서 버스 전체를 둘러보았다. 뒤쪽에서 천천히 걸어오던 기사가 내게 물었다.

"옆 좌석 손님은 아직 안 오셨나 봐요? 이쪽 손님도 안 오셨네요."

남자뿐 아니라 그의 일행 또한 버스에 타지 않았다. 오 분 정도 대기하던 운전기사가 밖으로 나갔다.

고속 4832 승객은 지금 곧 차량 탑승 바랍니다. 남자와 일행을 찾는 안내방송이 울렸다. 하지만 그들은 돌아오지 않았다. 돌아온 운전기사가 긴 한숨을 토해내자 여기저기서 볼멘 목소리가 쏟아졌다.

"그냥 갑시다. 기다릴 만큼 기다렸잖아요."

"다수 의견이 중요한 것 아닙니까? 약속을 안 지킨 사람들이 잘못한 거죠."

"그들의 목적지가 변경되었을 수도 있어요."

운전기사가 어쩔 수 없다는 듯 시동을 걸었다. 버스는 곧 출발했다. 그들은 어디로 갔을까.

버스가 휴게소를 나와 고속도로에 진입했다. 버스에 탑승하지 않는 사람이 있는데도 승객들 대부분은 평온했다. 소리를 죽여 잡담을 나누거나 편하게 잠을 잘 수 있는 자세를 잡느라 작은 소음만 들렸을 뿐이다. 버스가 달리자 누군가 내 옆 좌석에 엉덩이를 들이밀었다. 뜨개질 여자였다.

"모르는 사람이지만 갑자기 사라지니 무섬증이 일어서요."

여자는 아무렇지 않게 옆에 앉더니 뜨개질을 시작했다. 나는 빈자리에 여자가 앉는 것이 싫었다. 왠지 사라진 남자보다 여자가 더 꺼려졌다.

"사람들이 사라졌는데도 차가 그대로 출발하다니요. 내가 사라졌다고 해도 아무도 날 찾지 않을 거라고 생각하니까 소름이 돋아요."

여자가 잠시 손을 쉬더니 고개를 돌려 창밖을 바라보았다. 그리고는 손을 뻗어 커튼을 걷어냈다. 뜨거운 햇살이 얼굴에 쏟아졌다.

"예전에도 많은 사람들이 사라졌죠. 대부분 돌아오지 않았어요. 아직도."

여자가 길게 숨을 몰아쉬더니 곧 뜨개질에 집중했다. 손을 놀리면서도 여자는 끊임없이 중얼거렸다. 나는 잠자코 듣고 있다 눈을 감았다. 곧 여자가 내 어깨를 두드렸다.

"밖을 보세요. 그들이 우릴 따라오지 않나요, 하늘에서 뭔가 떨어진 것 같아요."

"아무것도 없어요."

"못 봤나요? 차라리 다행이네요. K시가 고향인가요? 저도 그곳이 고향이죠. K시에 가면 마음이 편해져요. 공기부터 서울과는 다르잖아요. 전 자주 K시를 찾아요. 버스를 타고 오가면 목도리 하나는 금방 완성되지요."

　주름 많은 여자의 손은 굵고 건조했다. 여자는 깜박 졸기도 했지만 대부분 시간을 뜨개질에 집중했다. 멍하니 창밖을 잠시 바라보다가도 바쁜 듯 손을 움직였다. 여자는 이삼십 분 간격으로 K시에 도착했는지 물었고 몇 시쯤 됐느냐고 여러 번 물었다. 여자의 모든 행동은 신경을 곤두서게 했다. 물을 마실 때조차 쏟지는 않을지 걱정이 되었고 여자의 팔꿈치가 내 팔에 닿을 때마다 살갗이 오그라들었다. 횡설수설하는 여자는 내게 많은 질문들을 했는데 대부분 대답이 필요 없는 질문들이었다. 여자의 질문이 늘어날수록 목도리는 완성되어가고 있었다. 여자는 목도리를 뜨다 내게 한 번 둘러 보라고 했다. 거절하기도 애매한 상황이었다. 여자의 손이 내 뺨에, 목덜미에 닿았다. 건조하고 볼품없이 보이던 여자의 손은 그러나 따뜻했다. 여자가 목도리를 한 내 모습을 뚫어지게 바라보았다. 예쁘네, 예뻐. 나는 목도리를 풀어 낼 생각도 못하고 그저 여자의 손을 바라보았다. 거칠고 따뜻한 손.


　엄마가 돌아오지 않았던 날, 나는 바늘에 찔려 많이 울었다. 금방 돌아올 줄 알았던 엄마는 오래 기다려도 오지 않았다.

　"어제 옆집 오빠가 집에 들어오지 않았단다. 며칠 전에는 집 앞에 있던 사람이 이유도 없이 끌려갔다는구나. 무서운 세상이야."

　엄마의 목소리는 당분간 학교는 휴교라며 불안한 목소리로 이야기를 했던 선생님과 비슷했다.

　"희수야, 밖으로 나가면 안 돼. 옥상에도 올라가지 마라."

　"엄마, 헬리콥터 소리 들었어요? 누군가 뭐라고 방송하는 것 같아요."

"가만히 있거라. 죽은 듯이 가만히 있어야 해."

"마당에만 잠깐 나갈게요. 대문 밖으로는 나가지 않을게요."

방문을 열고 나갔더니 정말 헬리콥터가 보였다. 하늘에서 수많은 종이들이 떨어졌다. 그것들은 작은 비행기가 되어 이리저리 날렸고 집 근처 어디쯤에도 떨어진 것 같았다. 가만가만 대문을 열었다. 작은 비행기 하나를 줍고 싶었다. 골목길을 돌고 돌았지만 비행기는 보이지 않았다. 해가 떨어질 때까지 찾아다녔지만 결국 나는 빈손으로 돌아왔다. 집에 돌아왔을 때 엄마는 보이지 않았다. 나에게는 나가지 말라고 했던 엄마가 늦게까지 돌아오지 않았다. 나는 방 안에 어질러진 바늘과 실을 치웠다. 엄마가 꿰던 바늘이 흐트러져 있었고 엉킨 실들이 방 안 가득이었다. 방바닥에 흩어진 바늘을 줍는 순간 바늘에 찔린 손에 피가 났다. 붉은 피를 보자 왈칵 눈물이 쏟아졌다. 하지만 아무리 울어도 나는 혼자였다.

버스가 K시에 진입하며 내가 살았던 동네를 지나고 있었다. 동네는 별반 달라지지 않았다. 고향 친구들은 늘 달라진 고향 이야기를 했다. 네가 가 보지 않아서 모른다고, K시가 얼마나 커졌는지 아느냐고, 길들이 다 바뀌었다고. 그땐 시간이 많이 흘렀으니 그럴 수 있겠구나 싶었다. 하지만 내가 살았던 이곳은 옛 시간을 그대로 담고 있었다. 구도심이라 그런 건가. 오래된 주택, 낡은 아파트, 좁은 길, 변하지 않고 같은 자리를 지키고 있는 버스정류장. 모든 것이 정체되어 있는 듯했다. M경기장을 지나자 J방직이 보였다. 방직 공장은 건물 일부를 요양병원과 중고자동차판매센터로 임대하고 있었다. 요양병원과 중고자동차판매센터는 마치 원래부터 그 자리에 있었던 듯 오래된 동네와 잘 어우러졌다.

터미널 부근에서도 버스는 한참 동안 정체되었다. 저녁 일곱 시. 집에 가기에 적당한 시간일까? 버스가 도착홈에 정차하자 앉아 있던 사람이 일제히 일어나 짐을 챙겼다. 뜨개질 여자도 내게 가볍게 눈인사를 하더니 서둘러 내렸다. 여자가 살고 있는 동네는 어딜까, 궁금했다.

버스에서 내리자마자 모두들 총총히 사라졌다. 뜨개질 여자의 뒷모습도 보이지 않았다. 터미널 안을 천천히 돌아보았다. 붐비기는 했지만 서울에 비해서는 한산했다.

배가 고파 요기할 곳을 찾았는데 결국 들어간 곳이 커피숍이었다. 케이크를 먹고 싶었지만 아무래도 넘기기 힘들 것 같았다. 주문한 것은 커피뿐이었다. 푹신한 의자에 자리를 잡고 유리문을 바라보았다. 뜨거운 커피가 식도를 타고 위로 내려갔다. 나른함과 긴장감이 동시에 느껴졌다.

"뭐 하러 이걸 가져왔어. 버리면 될 것인데. 하여간 넌 애물이다, 애물. 애가 똑똑하질 못해. 서울까지 갔으면 잘 살아야지. 사람 귀찮게 하는 재주가 있다니까."

누군가 언성을 높여 투탁거리는 듯했다. 곁눈질로 보니 늙은 여자가 커다란 캐리어와 큰 가방을 멘 여자를 나무라고 있었다. 늙은 여자는 화가 가시지 않는 듯 커피를 주문하면서도 끊임없이 투덜댔다.

"애물이다, 애물."

늙은 여자가 또 한소리 하나 싶어 고개를 돌렸더니 커피를 건네받은 그들은 이미 사라지고 없었다. 목소리는 엄마의 것이었다. 엄마는 베란다에서 등을 보이며 통화를 하고 있었다. 엄마는 화분에 앉은 먼지를 닦아냈고 식물에 물을 주었다.

"어릴 때부터 잔병치레가 많더니 다 커서도 아픈 치를 한다. 결혼은 할 수 있을지 걱정이다. 나이가 너무 많지? 속도 알 수 없고. 도통 말을 안 하니까. 어디서 보니 태어날 때부터 운이 사납다고 그러더구나. 액(厄)이 많아 주변 사람들도 좋지 않대. 나야 무슨 낙이 있어, 꽃 보는 게 낙이지. 식물 크는 모습을 보는 것이 제일 좋아. 화분은 꿀단지고 희수는 애물이다. 애물단지."

커피가 다 식은 줄도 모르고 한참을 그렇게 앉아 있었다. 엄마를 방문하기에는 너무 늦은 시간이었다. 초저녁잠이 많은 엄마는 이미 깊은 잠에 빠져 있을지도 모른다. 낮은 목소리로 누군가와 통화를 하고 있을지도. 나는 엄마를 방해하고 싶지 않았다. 갈 곳을 정하지 못해 앉아 있는데 유리문 밖으로 고개를 숙여 손을 움직이는 여자가 보였다. 뜨개질을 하던 여자인가. 그럴 리가 없다. 여자는 바쁜 듯 보였고 누군가를 기다리는 사람처럼 느껴졌다. 하지만 옷차림이 여자와 너무 비슷했다. 나는 벌떡 일어나 유리문을 열고 나갔다.

"저기요."

여자가 나를 바라보았다. 여자는 이제 K시 대합실에 앉아 뜨개질을 하고 있었다. 여자는 태연하게 나를 바라보며 웃었다.

"단지 습관이죠."

뜨개질을 하는 것이 습관이라는 것인지 K시까지 고속버스를 타고 다니는 것이 습관이라는 것인지 알 수 없었다.

"여긴 고향이죠."

신발을 벗고 두고 실을 풀어내는 여자의 어깨가 고단해 보였다. 여자가 막막한 표정으로 터미널 안을 둘러보았다. 그러더니 나를 보며 설핏 미소를 지었다. 여자의 미소는 외롭고 쓸쓸하게 느껴졌다.

서둘러 터미널을 빠져나왔다. 택시를 기다리는 사람이 많았다. 버스를 탈까 싶었지만 몇 번을 타야 집에 갈 수 있는지 알 수 없었다. 아무래도 집에 가기엔 시간이 적당하지 않은 것 같았다. K시에 왔으니 언제든지 엄마를 찾을 수 있을 것이다. K시에서 나는 분명 갈 곳이 있었는데. 결국 나는 터미널 쪽으로 걸었다.

뜨개질 여자는 잠에 빠져 있었다. 하얀 털실이 바닥에 뒹굴고 있었다. 누군가의 발에 채인 하얀 실이 여자에게서 멀어지고 있었다. 검정 구두는 실이 따라오는 것도 모른 채 빠르게 걷고 있었다. 나는 서둘러 검정 구두를 따라잡았다. 검정 구두는 몰랐다고 미안하다며 곧 사과했다. 이미 실은 더러워졌다. 더러워진 실은 이제 쓸모가 없다. 나는 말없이 남자를 쏘아보았다. 검정 구두는 어깨를 으쓱하더니 곧 사라졌다. 그가 혼잣말로 뭐라고 한 것 같았는데 알아들을 수는 없었다. 나는 먼지를 털어낸 실을 돌돌 말아 그녀의 무릎에 올려 두었다. 여자의 숄더백에 넣는 것이 더 좋을 것 같았지만 어쩐지 가방을 열어 보는 것이 두려웠다.

나는 여자의 뭉툭한 손을 보았다. 자고 있는데도 여자의 손은 심하게 떨고 있었다. 바르르 떨리고 있는 손에는 여전히 대바늘과 버스표가 있었다. 여자의 다음 목적지는…… 서울이었다. 서울이라니. 하지만 여자의 버스표를 보자 이상하게 나도 마음이 급해졌다. 갈 곳을 정하자 마음이 다급해졌고 서둘러 매표소를 향했다.

엄마는 다음에 봐도 될 것이다. 시간이 너무 늦었지 않은가. 우선은 여자와 동행하고 싶었다. K시를 그리워하면서도 정작 갈 곳이 없는 여자, 여자가 머물 곳이라고는 겨우 터미널 대합실이었다. 여자가 K시에 오는 이유를 알 수도 있을 것 같았다. 대합실에 잠시 머물다 떠나는 뜨개질 여자의 마음을 말이다. 나는 여자의 손이 떨리지 않게 손을 잡았다. 뭉뚝하고 거친 여자의 손을.

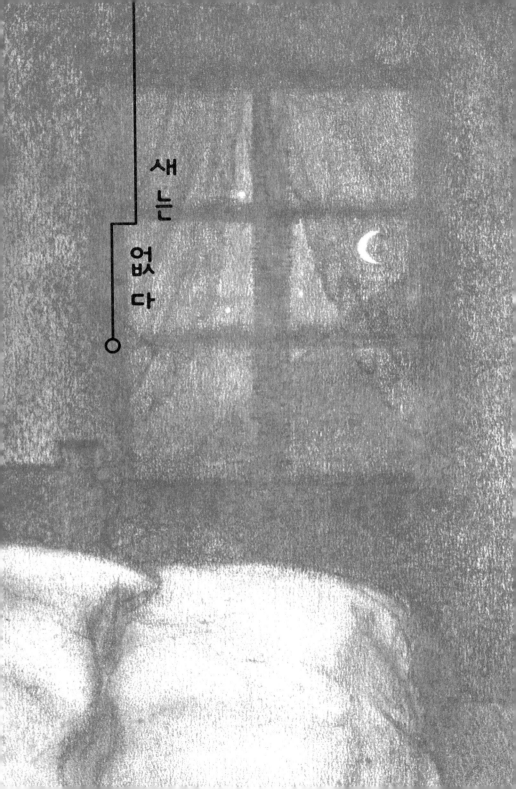

새
는

없
다

그것은 분명 새의 발자국이었다.

가로와 세로 모두 삼십 센티미터가 넘은 항아리 모양의 붉은 화분은 오랫동안 방치되었다. 붉은 화분에는 작년까지 금전수가 자라고 있었다. 하지만 올해 들어 햇볕을 보지 못한 쪽의 잎이 마르기 시작하더니 곧 줄기까지 시들었다. 상대적으로 빛을 잘 받는 쪽은 잎도 푸르고 줄기도 튼실했다. 화분을 돌려 놓아 보기도 했지만 여전히 식물은 한쪽으로만 자랐다. 균형을 잃은 금전수가 눈에 거슬리기 시작했다. 햇볕을 받는 쪽의 줄기가 싱싱하게 빛날수록 노랗게 시들어 처져가는 줄기에 신경이 쓰였다. 노란 줄기를 가위로 쳐내기도 했지만 그곳에서 싱싱한 줄기는 나오지 않았다. 한쪽 줄기로만은 오래 살 수 없다. 생명을 잃어가는 금전수를 보며 나는 남편의 마른 다리를 떠올렸다. 균형을 잃은 불구의 금전수. 나는 금전수의 뿌리를 뽑아냈다. 다른 나무를 심을까 생각하기도 했는데 식물이 없는 화분은 곧 잊혔다.

붉은 화분의 건조하고 푸석한 모래 위, 분명 새의 발자국이었다.

두 개의 흔적을 유심히 들여다보았다. 어떻게 나왔을까. 나는 두 달 넘게 새를 키우면서 한 번도 새장을 열어주지 않았다. 남편일 리는 없다. 발자국은 화분의 중앙에서 많이 비켜나 있었다. 세심하게 들여다보지 않았다면 그냥 지나쳤을 것이다. 나는 그것들을 손으로 살살 만져 보았다. 새의 발톱이 건조한 모래가 되어갔다. 나는 입을 동그랗게 오므려 모래를 세게 불었다. 흔적은 곧 사라졌다.

새장 속의 새는 시치미를 떼고 있다. 나는 무릎을 반쯤 접은 엉거주춤한 자세로 새장을 들여다보았다. 새장 문을 열고 손을 넣었다. 새는 좁은 공간을 푸드득거리며 이리저리 날아다녔다. 원한다면 나는 새를 잡을 수 있다. 새장은 좁고 새는 작으니까. 하지만 곧 그만두었다. 아침부터 괜한 실랑이는 하고 싶지 않았다.

새를 얻어온 것은 남편이었다. 남편은 조용하고 무거운 집 안 공기가 자신의 건강을 더욱 악화시킨다고 말했다. 애완동물이라도 있으면 나을 것 같다고 말하곤 했었다. 나는 남편의 말을 듣는 척하지 않았다. 사람에게도 정을 주지 못하는 사람이 동물에게 정을 줄 수 있을까. 남편에게 내 동의는 중요하지 않았다. 결국 지인의 선물을 핑계로 노란 사랑앵무가 집에 들어왔다. 새의 물을 갈아주거나 모이를 주는 일은 내 몫이었다. 남편은 하루 세 번 거실에서 새를 잠깐 지켜볼 뿐이었다.

베란다 문을 힘껏 닫고 거실로 들어왔다. 붉은 화분 속 흔적이 새의 것이라면 새는 다시 새장을 나올 수도 있다. 새가 거실까지 날아와 내 보금자리를 엉망으로 만드는 꼴은 볼 수 없다.

거실로 들어온 나는 하늘빛 실크 벽지를 바른 벽과 강화마루를 깐

바닥을 유심히 살피고 고개를 쳐들어 거실 등을 보았다. 여섯 개의 동그란 등을 매달고 있는 검은 철제 프레임은 천장에 견고하게 붙어 있었다. 등은 앵무의 갈색 눈을 닮았다. 여섯 개의 갈색 등은 어쩌면 내가 모르는 다른 일을 하고 있는지도 모른다는 생각이 들었다. 나는 의자 위에 올라가 등을 가까이서 살폈다. 갈색 등을 고집했던 사람은 남편이었다. 불길한 조짐이 느껴졌다. 앵무의 눈, 갈색 등, 남편의 검은 눈동자. 나는 휴대폰을 열어 통화 버튼을 길게 눌렀다. 하루라도 빨리 등을 없애고 싶었다.

싱크대 수납장에서 마른 미역을 꺼내 찬물에 담갔다. 소고기와 마늘에 참기름을 넣어 달달 볶은 후 불린 미역과 함께 볶다 물을 붓고 미역국을 끓였다. 간이 잘 맞았다. 식사 준비가 되자 6인용 원목 식탁을 꼼꼼히 닦았다. 상판을 닦은 후 부드럽고 유연한 곡선을 가진 네 개의 다리도 닦았다. 상판 주위나 다리에 음식물이 떨어져 때를 탄 곳은 없는지 확인했다.

나는 식사와 청소에 공을 들였다. 정갈하고 정결하게 마치 의식을 치르듯 조심스럽게 하루를 보내는 것은 나에게 굉장히 중요한 일이었다. 그렇게 시간을 견뎌냈다. 잘 차려진 식탁을 바라보자 만족스러웠다. 파닥, 파닥, 앵무의 날갯짓이다. 나는 베란다를 노려보았다. 베란다 문은 잘 닫혀 있었다. 앵무의 소리 따위가 들릴 리 없다.

전남편과 헤어지면서 내가 가지고 나온 것은 6인용 식탁뿐이었다. 우리는 헤어지면서 재산 분할과 양육 문제로 많은 다툼을 했다. 집안 살림 하나하나에 핏대를 세웠다. 남편은 헤어지는 순간까지도 쩨쩨한 면모를 유감없이 발휘했다. 결국 그릇 하나까지 정확하게 나누어 갖자고 합의했다. 상황이 점점 피곤하게 돌아가자 나는 모든 살림도구를 포기할 테니 6인용 식탁만은 내가 갖겠다고 말했다. 전 남편은 한동안 멍한 표정을 지었지만 곧 자신에게 손해는 아니라는 듯 흔쾌히 고개를 끄덕였다.

식탁은 나에게 삶의 제의를 치르는 제단과도 같은 물건이었다. 그곳에 나는 정성을 다해 제물들을 차리고 제의를 치렀다. 그 제의에 참가하는 사람은 가족이라는 이름으로 현재를 살아가는 사람들이다.

오전 7시, 오후 12시, 오후 6시 우리 가족의 식사시간이다. 나는 식사 준비를 마치고 어김없이 시계를 보았다. 7시, 역시 정확했다. 이제 우리의 제의의 시간이었다.

아들은 아직 방에서 나오지 않았다. 아마 어젯밤에도 늦은 시간까지 게임을 했을 것이다. 나는 침대 위에서 이불을 머리까지 뒤집어쓰고 누워 있는 아들에게 소리를 질렀다.

"네가 어제 뭘 했든 상관하지 않아. 하지만 식사 시간은 반드시 지켜야 돼."

나는 아들에게 제의는 어떤 이유에서든 빠지면 안 된다고 말하고 싶었다. 제의니까. 제의는 건성으로 치를 수 없으니까.

휠체어를 밀고 남편이 식탁에 앉았다. 십 분쯤 지나자 아들이 잠이 덜 깬 얼굴로 눈도 못 뜬 채 주방으로 나왔다. 아들이 눈곱도 떼지 않고 식탁에 앉자 남편이 들었던 숟가락을 식탁에 다시 내려놓았다.

"야, 너 세수하고 와. 새끼가 더럽게."

아들은 별 대꾸는 하지 않았지만 표정은 일그러졌다. 나는 말없이 밥을 먹었다. 팽팽한 긴장감이 돌았지만 식사 때마다 있는 일이기도 했다. 남편의 잔소리와 아들의 돌발 행동은 식탁의 공기를 무겁게 했다.

전날 깊은 잠을 자지 못한 아들의 컨디션 때문이었을까. 밥을 씹던 아들이 식탁을 향해 혼잣말을 말을 했다. 병신 주제에, 잘난 척은. 그 말은 밥알과 함께 씹혔지만 정확히 알아들을 수 있었다. 아들은 그렇게 아무렇지 않게 한마디 툭 빼어내고는 젓가락으로 계란말이를 집었다. 남편은 자신의 귀를 의심하며 아들을 바라보았다. 아들은 그깟 일이 뭐 대수냐는 표정으로 남편의 시선을 외면했다. 아들은 오른발을 덜덜 떨며 국을 떠먹었고 때때로 박자를 맞추듯 왼손을 식탁에 탁탁 두드렸다. 남편이 아들에게 숟가락을 던졌다. 아들이 몸을 돌려 피하기는 했지만 숟가락은 아들의 왼쪽 이마를 맞추며 날아갔다.

"야, 내가 병신 새끼인 줄은 몰라도 지금 너를 먹이고 공부시키는 것은 나야. 알겠어? 그지 새끼야. 달랑 식탁 하나 끌고 들어온 니 엄마를 먹여 살리고 있는 것도 나란 말이야."

흥분을 참지 못한 남편이 식탁에 있는 그릇과 접시를 던지기 시작했다. 그것들은 거실로 주방으로 현관으로 날아다녔다. 내가 준비한 제물들이 그렇게 바닥에 널브러졌다. 바닥에 떨어진 그것들이 불온했다. 무엇보다 정갈하고 조심해야 할 제물들이 서로 뒤섞여 바닥에 나뒹굴고 있었다. 아들은 남편을 쏘아보다 쾅, 문을 닫고 자신의 방으로 들어갔다. 남편은 분에 못 이겨 아들의 방문을 한참 동안 쏘아보았다.

한바탕 소란이 끝났다. 나는 거실과 현관 입구, 주방에 떨어진 반찬과 그릇을 치우기 시작했다. 조각난 그릇은 신문지에 싸서 버렸고 바닥에 떨어진 미역 건더기와 콩나물, 김치는 물티슈로 훔쳤다. 거실 바닥에 물기가 남아 있지 않은지 세심하게 살피고 있는데 아들이 집을 나서는 소리가 들렸다.

주변을 정리하고 나는 다시 식사를 준비했다. 아침 식사를 엉망으로 만든 남편과 아들에게 화가 났지만 식사를 중단하고 싶지 않았다. 아니, 제의를 중단하고 싶지 않았다. 미역국은 잘 끓여졌다. 밥 한 그릇을 깨끗이 비우고도 왠지 허전해 빵을 찾아 오래도록 씹었다.

파닥, 파닥, 다시 앵무의 날갯짓이다. 나는 의자를 밀치고 벌떡 일어나 베란다 문을 거칠게 열었다. 그리고 새장 속의 물통과 모이통을 끄집어냈다. 앵무는 오늘 굶어야 할 것이다.

베란다 밖 세상은 소란스러웠다. 어른이고 아이들이고 종종대며 하루를 시작하고 있다. 아들의 모습은 보이지 않았다. 아들은 오늘도 지각할 것이다. 아주 등교를 하지 않을 수도 있다. 안타깝게도 아들은 가족의 소중함을, 집이라는 공간의 안락함을 알지 못한다. 주어진 것에는 감사할 줄 모르는 것이 사람의 습성이다. 오늘 밤 아들이 집에 들어오면 단단히 일러주어야 할 것이다. 집을 나가지 않으려면 귀찮은 일을 만들지 말라고 말이다.

다들 바쁜 시간인데 놀이터 벤치에 앉아 한가롭게 담배를 피우는 남자가 보였다. 남자는 파란 트레이닝복 차림이다. 나는 베란다 창에 바짝 기대어 남자를 살폈다. 그의 직업은 무엇일까. 연차를 내 하루 쉴 수도 있고 오후에 출근할 수도 있을 것이다. 그것도 아니면 스포츠센터 강사일지도 모른다. 스포츠센터를 떠올리자 갑자기 그가 탄탄한 근육을 가진 남자일지 모른다는 생각이 들었다. 운동을 하면서 힐끔힐끔 본 강사들은 군살 없는 복근과 매끈한 다리, 넓은 어깨를 가지고 있었다. '딩동' 문자 알림 소리였다. 얼른 휴대폰을 열어 보았지만 기다리던 문자는 아니었다.

거실에서 새를 보던 남편이 소리를 질렀다.

"야, 베란다 문 열고 커피 타 와. 새 모이는 준 거야?"

나는 남편의 희끗한 머리 아래 가늘고 연약한 목을 보았다. 남편의 몸은 작고 가냘팠지만 목소리만큼은 쩌렁쩌렁했다. 마치 새의 그것처럼. 커피 물을 올리고 커피 잔에 일회용 믹스 커피를 담고 있는데 남편이 다시 소리를 질렀다.

"야, 말 안 들려? 베란다 문 열라고."

나는 묵묵히 하던 일을 계속했다. 남편의 목소리가 점점 높아졌다. 야, 야. 나는 천천히 일회용 커피에 물을 부었다. 뜨거운 커피를 받은 남편은 눈을 부릅뜨고 나를 뚫어지게 바라보았다. 나는 그의 시선을 피하지 않았다. 화가 난 그는 컵을 던지는 시늉을 했지만 곧 입으로 가져갔다. 남편은 성질이 급한 사람이었다. 조금만 자신과 뜻이 맞지 않으면 손에 잡히는 대로 물건을 던졌다. 분노한 남편을 보면 측은하기도 하고 웃음이 나오기도 했다. 아직까지도 자신이 누굴 해치거나 상처를 줄 수 있다고 생각하는 걸까.

남편은 영리했지만 적응이 느린 사람이었다. 남편은 물건을 던졌고 나는 치웠다. 그것은 둘 모두에게 필요한 행동이었지만 따지고 보면 아무 짝에도 쓸모없는 일이었다. 그것은 일종의 우리들의 존재 방식이었다. 그것으로 서로의 존재를 필요로 하고 있었다. 나는 커피를 쩝쩝거리며 마시는 남편을 바라보았다. 남편과 나는 게임을 하고 있다. 먼저 지쳐 나가떨어지는 사람이 지는 게임이다. 남편은 아직 나를 잘 모른다. 난 쉽게 지치지 않는다.

"야, 몇 번을 말해. 베란다 문!"

나는 남편의 말을 무시한 채 몸을 돌려 주방으로 왔다. 등 뒤에서 남편의 거친 욕설 소리와 끙끙 신음 소리가 들렸다. 남편이 아등바등 하며 베란다 문을 열었다.

열린 문 사이로 새장이 보였다. 좁은 새장 속에서 새가 날갯짓을 했다. 손바닥만 한 공간일 뿐인데 새는 날고 싶어 했다. 날 수 없다는 것을 깨닫는 데는 시간이 많이 걸릴지도 모른다. 갇힌 새를 바라보며 남편은 무슨 생각을 할까. 남편은 앵무를 바라보고 있지만 새장 속의 모이통과 물통이 사라진 것도 모른다. 그가 보고 있는 것은 무엇일까. 한동안 새를 바라보고 있던 남편이 휠체어 방향을 돌려 안방으로 들어갔다. 남편이 사라진 거실, 모든 것이 다시 평온해졌다.

거실에서 간이 의자를 들고 와 새장 옆에 두었다. 간이 의자에 앉으니 내 눈높이에서 새를 들여다볼 수 있었다. 노란빛 이마와 연둣빛 몸통, 검은빛 줄무늬. 새장 속을 가만히 들여다보았다. 새는 매달린 거울과 횃대 위를 분주히 날아다녔다. 끊임없이 움직이는 앵무에게 새장은 너무 좁은 공간이었다. 횃대에 앉아 있는 앵무의 발톱을 보았다. 분홍 발톱은 작고 연약했다. 그것으로는 화분에 흔적을 남길 수 없다. 새장을 조심스럽게 열어 새의 몸통을 재빨리 잡았다. 손에 힘을 주고 꽉 움켜쥐었는데도 버둥대는 새의 움직임을 느낄 수 있었다. 나는 조심스럽게 새의 목을 잡았다. 따뜻한 체온이 느껴졌다. 조금만, 조금만 더 힘을 준다면 새는 죽을 것이다. 깃털 밑, 긴장하는 새의 목매가 느껴졌다. 놈도 알아차렸다. 여차하면 자신이 죽으리라는 사실을. 그 발톱과 날개는 아무짝에도 쓸모없다는 사실을. 손에 힘이 들어갈수록 내 심장이 빠르게 뛰었다. 놈의 숨통은 내 손안에 있었다. 조금만 손아귀에 힘을 더 싣는다면 놈은 단말마의 비명도 지르지 못한 채 죽을 것이다. 나는 깊은 숨을 들이마시고 다시 앵무새의 진한 갈색 눈을 바라보았다. 순간, 손아귀에서 빠져나간 새가 작은 새장을 빙빙 돌았다. 방심한 것은 아니었다. 한 번에 놈의 숨통을 끊어 놓는다면 재미없다. 나는 놈을 죽이지 않을 것이다. 천천히, 천천히 길들일 것이다. 새는 매일 내가 준 모이와 물을 먹는다. 그런데도 새는 내게 날카로운 발톱을 세우고 있다. 내가 챙기지 않는다면 새는 곧 죽을 것이다. 작은 새장을 지키는 새와 삼십 평이 조금 넘는 아파트를 지키는 남편, 주인 행세를 하지만 둘은 내 보호 아래 있다. 남편은 내가 원하지 않는 한 나를 떠날 수 없다. 다만 그들만이 아직 그 사실을 깨닫지 못하고 있다. 웃기는 일이었다. 점점 기운이 빠져 쇠약해지고 있는 남편은 곧 내가 자신을 지키고 있다는 것을 알게 될 것이다. 공간에 갇힌 그들이 절실하게 나의 존재를 필요로 할 때까지 나는 그저 기다리면 된다.

'딩동' 휴대폰 문자 알림 소리가 들렸다. 나는 얼른 앞치마에 손을 집어넣어 휴대폰을 꺼내 들었다. 잠시 숨을 고른 후 문자를 확인했다. 엄마였다. 문자 내용은 보지 않아도 알 수 있다. 아프다거나 돈이 필요하다거나 그것도 아니면 너무 외롭다는 내용일 것이다. 문자를 삭제하고 휴대폰을 앞치마 주머니에 넣었다. 그에게 아직 연락은 없다. 나는 화풀이하듯 새장을 크게 흔들어댔다. 새장의 여러 곳을 손으로 쿵쿵 때릴 때마다 새는 여전히 위기를 느끼고는 좁은 공간을 빙빙 돌앗다.

아침 식사를 끝내고 청소까지 마쳤는데도 겨우 열 시였다. 세탁실에서 젖은 걸레를 가져와 거실에 있는 작은 화분을 닦았다. 화분을 닦다 작은 식물의 목을 툭, 툭 끊는데 인터폰이 울렸다. 그가 왔다. 나는 서둘러 목욕탕으로 달려가 거울을 보았다. 푸석한 머리에 물을 묻히고 웃어 보았다.

"죄송합니다. 너무 바빠서요, 문자는 받았는데 답도 못 했네요. 등을 교체하신다고요?"

175센티미터가 넘는 키에 다부진 몸을 가진 그가 신발을 벗고 성큼 거실로 들어왔다. 단정한 스포츠머리에 하얀 피부를 가진 그는 중저음의 다정한 목소리로 말을 했다. 진한 눈썹과 쌍꺼풀 없는 길고 가는 눈은 선량하게 보였고 높은 콧대와 긴 인중이 성실하게 보이게 만들었다. 그는 빨리 일을 끝내고 다른 곳에 들러야 한다고 했지만 나는 커피포트에 물을 올렸다.

식탁에 향이 좋은 커피 냄새가 났다. 그가 어느새 식탁에 앉았다. 그는 두툼한 손으로 식탁에 글씨를 쓰고 있다. 그것은 한글 같기도 했고 알파벳이거나 숫자처럼 느껴지기도 했다. 나는 흔적을 남기지 않는 그의 글씨를 유심히 바라보았다. 어쩌면 아무 의미 없는 무의식적인 그의 행동인지도 모른다. 나는 핏줄이 보이는 그의 손을 만져 보고 싶었다. 두 손으로 글씨를 쓰는 그의 오른손을 감싸고 싶은 충동을 겨우 참아냈다. 그의 두툼하고 긴 손가락이 커피 잔을 더듬고 그의 입술이 잔에 닿았다. 커피를 마시는 그의 숨소리를 듣자 아랫도리가 젖어 들었다. 그는 건강하고 밝은 웃음을 가졌다. 나이는 아마 서른은 넘기지 않았을 것이다. 그는 더러운 청바지와 회색 조끼를 즐겨 입었는데 어쩐지 그것들이 그를 더욱 멋지게 보이게 했다. 커피를 마신 남자는 의자를 딛고 올라가 등을 살펴보았다.

"설치한 지 얼마 되지 않은 것 같은데요. 디자인도 좋고. 그냥 쓰셔도 될 것 같아요. 게다가 당장 등부터 철거하면 불편하실 거예요. 교체할 등을 미리 생각해 두신 것도 아니라면 당분간 그냥 두시는 것이 어때요?"

의자 위에서 등을 이리저리 살펴본 남자가 철거가 아쉬운 듯 한참을 뜸을 들였다. 나는 단호하게 일단 철거해 달라고 말했다.

"전 어두운 게 더 좋아요. 거실 등이 없다고 해서 당장 불편하진 않을 것 같아요. 식탁 등도 있고, 간접 조명도 충분하니까요."

여섯 개의 등을 들고 있는 남자의 이마에 땀이 맺혔다. 나는 건강한 남자의 탄탄한 팔뚝을 한참을 바라보았다.

"갈보, 갈보."

베란다 문을 닫아 두지 않았던 걸까. 남편의 말을 흉내 내는 앵무의 소리가 들렸다. 미간에 주름이 잡힌 나를 남자가 쳐다보았다.

"집에 앵무새가 있어요. 좀 시끄럽죠?"

남자가 곧 별일 아니라는 듯 자신이 들고 온 공구 상자를 챙겼다. 주방의 작은 창으로 그가 주차장으로 걸어가는 뒷모습을 보았다. 활기찬 발걸음, 작게 노래라도 부르며 걷는 것은 아닐까. 활기에 차 있는 발걸음이 건강하게 땅을 딛는 저 두 발, 가볍게 활갯짓하는 저 단단한 어깨 근육. 나도 모르게 핑 눈물이 돌았다. 저 남자를 훔치고 싶었다. 도망가지 못하게 목에 올무를 채워 내 심장에 걸어두고 싶었다.

나는 맥없이 남자의 뒷모습을 훔치다 고개를 흔들었다. 두 번이나 실패했으면서도 아직도 남자에게 쉽게 마음을 내주고 있었다.

전남편은 엘리트 코스를 밟으며 성장한 사람이었다. 결혼 전 그는 섬세하고 착한 사람이었다. 하지만 가족이 되었을 때 그는 지나치게 걱정이 많았고 소심한 사람일뿐이었다. 사사건건 참견을 했으며 뜻대로 되지 않는 일에는 불같이 화를 냈다. 폭언이 폭력이 되는 시간은 짧았다. 나는 맞으면서 점점 길들여졌다. 아마 전남편이 여자 문제로 이혼을 요구하지 않았더라면 나는 아직도 남편의 폭력을 조용히 견디며 살고 있을 것이다. 남편이 나를 먼저 떠나준 것이 다행인지 불행인지 현재는 알 수 없다. 전남편과 헤어진 후 내 선택이 옳은 것인지 그른 것인지 알 수 없는 것처럼. 어쩌면 전남편의 폭력에 길들여진 내가 휠체어를 탄 지금의 남편에게 편안한 감정을 느꼈을지도 모른다. 남편은 수줍음이 많고 수동적인 사람처럼 보였다. 같이 살아 보자고 먼저 제안했던 것은 나였다. 나는 세상이 두려웠고 어딘가에 숨을 곳이 필요했다. 나는 날고 싶지 않았다. 주인에게 얌전하게 길들여진 새가 되고 싶었다. 주인이 주는 모이를 먹고 좁은 공간을 날아다니며 추위와 두려움에서 온전히 보호되는 곳, 그런 곳이 필요했다.

두 번째로 둥지를 튼 새장은, 그러나 처음과 별반 다르지 않았다. 다리가 불편한 남편은 폭력을 행사하지는 않았지만 폭언이라면 전남편보다 더하면 더했지 덜 하지는 않았다. 게다가 그는 손에 잡히는 대로 물건을 던지는 습관이 있었다. 그럼에도 나는 남편을 참아내고 있다. 나는 더 이상 둥지를 옮길 생각이 없다. 더구나 지금의 남편은 나에겐 너무나 쉬운 상대였다. 그저 모른 척 참아주고 있을 뿐이었다.

그가 조금 현명한 사람이라면 자신이 어떤 태도를 취해야 할지 알 텐데 남편은 싸움의 기술을 모르는 사람이었다. 패를 알고 있는 사람을 이길 수는 없다. 남편이 나를 건드리지만 않는다면 나는 남편의 안위를 최대한 보장할 것이다. 기한이 언제인지는 알 수 없지만 말이다.

남편의 휠체어를 밀고 엘리베이터에 탔다. 하루 중 남편과 떨어져 있는 유일한 시간이었다. 남편은 K병원에서 재활치료와 운동을 하기 위해 매일 두 시, 집을 나섰다. 남편은 집을 나서는 순간, 더욱 별 볼 일 없는 사람이 되었다. 그는 모든 것을 내게 의지했다.

남편을 태운 병원 차량의 뒤꽁무니를 바라보며 휴대폰을 열었다. 선주에게 다섯 통이 넘는 문자가 와 있었다. 스포츠센터에서 우연히 만난 선주와 다음에 한 번 보자고 한 것이 화근이었다. 아무 뜻 없이 한 이야기인데 선주는 집요하게 만나자고 문자를 넣었다. 이런저런 핑계를 대며 만남을 미루었는데 또다시 선주의 문자였다. 나는 주저주저하다가 결국 선주에게 문자를 넣었다.

선주를 먼저 알아본 것은 나였다. 아는 척을 하지 않았더라면 선주는 나를 알아볼 수 없었을지도 모른다. 하얀 피부에 선한 눈매를 가진 선주는 사십이 넘은 나이에도 초등학교 때의 얼굴이 보였다. 세월을 피해간 친구의 미소에서 나는 그녀의 삶을 엿볼 수 있었다.

"남편이 장애가 있어. 봉사 활동을 하다 만났는데 어쩐지 끌리더라."

말을 꺼내고 보니 도대체 내가 무슨 말을 하고 있는지 알 수 없었다. 나는 무모한 사랑을 한 철없는 여대생의 역할을 하고 있었다. 대단하다, 정말 대단해. 선주가 나를 추켜세우자 남편은 어느새 말썽쟁이 아들의 진짜 아빠가 되어 있었다. 거짓말을 시작하자 입에서 거침없이 말들이 쏟아졌다. 어쩌면 거짓이 아닐지도 모른다는 생각이 들었다. 우리에게 사랑은 없었지만 타협은 있었다. 내가 희생적인 여자가 아니었다면 남편과 같은 공간에서 지내지 못했을 것이다. 남편은 손이 많이 가는 데다 무례한 사람이었으니까.

정말이지 선주는 너무나 순진한 친구였다. 선주의 눈빛과 표정을 바라보며 나는 그녀를 한껏 골려주었다. 의심이라곤 없는 눈빛, 따스한 표정, 고개를 끄덕이며 나를 위로하는 그녀의 미소. 하지만 그녀와 대화가 길어질수록 이상하게 초조해지고 화가 났다. 거짓말을 들킬 일은 없었다. 끊임없이 말을 토해내는 나를 조용한 미소로 바라보던 선주가 탁자 위 내 손을 잡았다. 갑작스러운 그녀의 돌발 행동에 나는 당황했지만 선주의 손은 따뜻했다. 사람의 손길이란. 가슴속에서 뭔지 뜨거운 기운이 올라왔다. 점점 그녀의 얼굴을 바라보는 것이 힘들어졌다. 쓸데없는 말을 너무 많이 했다. 선주와 헤어지자 오히려 나는 허탈해졌다. 선주, 다시는 보지 않고 싶다.

미니스톱에서 초등학생들로 보이는 아이들이 라면을 먹고 있다. 학원 시간이 빠듯한 듯 아이들은 허겁지겁 면을 건져 먹고 국물을 마셨다. 한창 크는 아이들은 언제나 배가 고픈 법이다. 나는 유리문 속의 아이들을 오래 들여다보았다.

엄마가 집을 나가고 아빠마저 일 때문에 다른 지방으로 떠나면서 나는 온전히 모든 것을 스스로 해결해야 했다. 날마다 라면을 끓였다. 밥이 있으면 라면 국물에 밥을 말았고 밥이 없으면 라면을 두 개 끓였다. 이상하게 음식을 먹을수록 배가 더 고팠다. 한 번에 라면을 다섯

봉지나 끓였던 적도 있었다. 토할 만큼 먹었는데도 허기는 가시지 않았다. 가스레인지 위에 펄펄 끓고 있는 라면을 급하게 먹으면서 나는 자주 울었다. 라면이 너무 뜨거웠거나 매웠기 때문일 것이다. 느긋하게 식탁에 앉아 먹었더라면 좋았을 텐데. 지금도 나는 소화 장애를 앓고 있다. 음식을 잘 씹고 삼켜야 했지만 오래된 습관은 바뀌지 않았다.

초가을이었지만 볕은 뜨거웠다. 나는 모자도 쓰지 않고 양산도 들고 나오지 않은 것을 후회했다. 자외선 차단제를 바르지 않은 얼굴에 쨍쨍한 빛이 머물렀다. 나는 얼굴을 찌푸리고 손차양을 만들었다. 기미가 짙어질까 걱정이 되었다.

거리를 지나다니는 사람은 많지 않았다. 커피숍을 지나고 의류 매장을 지나고 문구점을 지나고 미용실을 지나고 영어 학원을 지났다. 사람들이 사는 곳에는 필요한 것들도 많았다. 없어도 살 수 있는 것들이기도 했다. 병원과 약국을 지나자 작은 시장이 보였다. 오래전엔 사람들로 붐볐던 재래시장은 이제 머리가 세고 허리가 굽은 늙은 상인들만 보였다. 눅눅하고 비릿한 냄새가 났다. 길가에 앉아 신문지 위에 시든 야채와 과일을 파는 노인을 뒤로하고 시장 안으로 들어섰다.

'싸고 이쁜 옷'이라는 간판을 건 옷가게는 싸긴 했지만 유행이 지난 옷들이었다. '보물창고'라는 간판이 붙은 가게는 먼지가 잔뜩 앉은 헌옷을 팔고 있었다. 게장 오천 원, 김치 오천 원, 각종 밑반찬이라고 써진 가게 앞에서 잠시 망설였으나 가게 옆 골목을 쓰윽 지나가는 살찐 검은 고양이를 보고 곧 돌아섰다. 빈 상점이 많았다. 좀 안쪽으로 들어가다 식당 앞 의자에 놓인 커다란 새장을 발견했다. 자세히 바라보니 빈 새장이었다. 집에 있는 것과는 다른 원형 새장이었다. 새장 안에는 거울과 횃대에 딸랑이 공까지 있었지만 주인이 없었다. 새가 없으니 시끄럽지도 않고 더럽지도 않았다.

"뭘 그리 보우, 새도 없는데."

식당 여주인의 날카로운 목소리가 들렸다. 식사를 할 거면 들어오고 안 먹을 테면 가게 앞에서 얼쩡거리지 말라는 투였다. 주인의 투정에도 나는 새장 앞에서 한참 동안 움직이지 않았다. 텅 빈 새장은 완벽하게 평화로웠다. 그곳에 새를 들인다면 울지 않는 새가 좋을 것이다. 쓸데없는 말 따위를 따라하는 앵무는 절대 들여서는 안 될 것이다. 텅 빈 새장을 바라보며 '갈보, 갈보.', 남편을 흉내 내는 사랑앵무를 떠올렸다. 새를 놓아줄까, 아니면 새의 숨통을 끊어 놓을까. 방법은 둘 중 하나였다. 남편이 길길이 날뛰겠지만 그뿐일 것이다.

파닥, 파닥, 다시 새가 내 귀에 울음을 쏟아낸다. 얼굴을 찡그리며 고개를 두리번거렸다. 문자 알림이었다. 시간이 되면 와 줄 수 있느냐는 엄마의 문자였다. 휴대폰 액정을 한참 바라보았지만 문자에 답은 하지 않았다. 엄마는 살다 보면 사람의 힘으로 되지 않는 일이 있다고, 피해 갈 수도 도망 갈 수도 없는 시련이 생긴다고 말했다. 그것이 나를 버리고 일찍 집을 나간 자신에 대한 변명인지 나에 대한 이해인지는 알 수 없다. 다만, 엄마가 떠난 이후 나는 사랑하는 방법을 배우지 못했다. 사랑을 받지 못하는 아이에게 '사랑'이란 단어는 흥분됐지만 낯설었다. 미움과 분노는 가슴속에 단단한 뿌리를 내렸고 애정과 관심은 열매를 맺지 못했다. 요즘은 내 가슴속에 무시와 무관심이 뿌리를 내리기 시작했다. 그것들은 내 안에서 튼튼하게 자리를 잡을 것이다.

정신이 들어 시계를 보니 다섯 시가 넘었다. 저녁을 준비해야 할 시간이다. 서둘러 시장을 벗어나야 했는데 나는 잠시 그 자리에서 한참을 서 있었다. 길을 잃었다. 좁은 시장 길에서 큰길로 나가는 길을 찾지 못했다. 시장을 여러 번 돌았지만 나는 여전히 눅눅하고 음습한 시장의 한가운데 있었다. 도움을 청해야겠다고 생각하고 주위를 돌아보았을 때 길 위에는 온전히 나 혼자였다. 볕을 즐기며 기지개를 펴거나 게으름을 피우고 있는 길고양이만 보일 뿐이었다.

좁은 골목길은 더러웠다. 담배꽁초와 쓰레기가 여기저기 널려 있었고 알 수 없는 냄새 때문에 현기증이 났다. 다른 길을 찾아 오른쪽으로 돌았는데 사람 한 명이 겨우 걸어 다닐 수 있는 더 좁은 길이 나왔다. 다닥다닥 붙어 있는 집들은 모두 여인숙이라는 간판을 달고 있었다. 잠시 쉴 수 있을까. 여인숙 앞에서 망설였다. 하지만 저 문을 열고 들어서면 영원히 길을 잃을 것 같아 두려웠다. 나는 길 가운데 주저앉았다. 새장이 있던 식당을 찾는다면 길을 찾을 수 있을 텐데. 숨이 깊이 들이마셔 호흡을 정리했다. 천천히, 천천히 왔던 길을 되짚어 보면 길을 찾을 수 있을 것이다. 그러면 위험하고 불결한 이곳을 떠날 수 있을 것이다. 나는 무릎에 힘을 주고 서서히 일어섰다. 저기, 흔들리는 작은 원형 새장이 눈에 들어왔다. 나는 작은 숨을 토해냈다.


냉동실을 뒤져 조기를 굽고 호박을 채 썰어 볶았다. 김을 잘라 놓았고 당근과 파를 송송 썰어 넣고 계란찜을 올렸다. 남편의 젓가락은 여전히 허공을 맴돌았다. 그는 반찬에는 손도 대지 않고 꾸역꾸역 밥만 먹었다. 늦게 돌아온 나에게 시위를 하고 있었다. 남편이 자리를 떴지만 조기와 계란찜, 호박볶음이 그대로 남았다. 나는 남편의 그릇을 치우고 새로운 식탁을 준비했다. 남편은 앵무새를 잠시 쳐다보더니 안방으로 들어갔다. 남편은 텔레비전을 보다 9시가 되기 전에 잠이 들 것이다.

냉장고에 넣어두었던 쇠고기 한 팩을 꺼냈다. 프라이팬에 소고기를 올렸다. 지글지글 잘 구워진 소고기를 보자 침이 넘어갔다. 야채를 씻고 기름장을 만들었다. 아껴두었던 그릇을 꺼내 반찬을 다시 옮겨 담았다. 싱크대 선반에 숨겨두었던 소주도 꺼냈다. 피곤한 하루였다. 길은 칙칙하고 복잡한 곳이었다.

머그컵에 소주를 담아 베란다로 나갔다. 붉은 화분을 세심하게 들여다보았다. 새의 발자국은 없었다. 새는 나오지 않았다. 화분 속 건조한 모래를 손으로 만져 보았다. 화분을 어떻게 할 것인지 잠시 고민했다. 화분은 날이 밝는 대로 화원에 가져갈 것이다. 화분에 무슨 나무를 심을지는 결정하지 않았다. 하지만 볕이 없어도 잘 자랄 수 있는 음지 식물을 심어야겠다고 생각했다.

하얀 불빛 아래 날갯짓을 하는 앵무새를 바라보았다. 새장에서 키운 새는 문을 열어주어도 쉽게 나가지 않는다는 말을 들었던 적이 있다. 하지만 고작 두 달 키운, 그것도 사람의 정을 전혀 받지 못한 새는 곧 새장을 박차고 날아갈지도 모른다. 갈 곳을 정하지 못하고 밖으로 나간다면 새는 금방 길을 잃을 것이다. 나는 새장의 문을 올렸다, 내렸다를 반복했다. 길은 더럽고 위험한 곳이야, 나는 새장을 향해 낮게 중얼거렸다.

새는 목을 이리저리 돌리기도 하고 날다가 앉기를 반복했다. 새장 문을 반복적으로 만지던 나는 새장 문을 활짝 열고 거실로 들어왔다. "갈보, 갈보." 다시 앵무였다. 들고 있던 컵이 바닥에 떨어져 산산조각이 났다. 나는 베란다로 달려 나가 새장을 주먹으로 툭툭 쳤다. 앵무가 바쁘게 날기 시작했다. 새장 속으로 오른손을 쑥 집어넣었다. 사랑 앵무가 횃대와 거울로 반복적으로 움직였다. 나는 거칠게 새의 깃털을 잡아당겼다. 버둥대는 새의 몸통을 붙들고 앵무의 목을 눌렀다.

앵무의 갈색 눈과 마주쳤다. 앵무의 눈에 배고팠던 어린 내가 울고 있었다. 혼자 살 길을 고민했을 엄마와 나를 학대하는 아빠, 우리 가족의 해체는 어쩌면 예고된 수순일지도 모른다. 거짓말을 잘 했던 아이, 너에게 진실이라는 것이 있니? 질책하며 나를 떠났던 많은 사람들, 여리고 작은 내가 거기 있었다. 밥과 라면과 떡볶이를 닥치는 대로 먹고, 빵이든 껌이든 과자든 끊임없이 입에 넣던, 눈가로 흘러내리는 눈물을 닦으면서 식욕을 포기하지 못한 내가 있었다. 나는 고개를 힘차게 흔들었다. 기억하고 싶지 않았다. 어쩌면 내 기억은 더 좋지 않은 쪽으로 왜곡되어 있을지도 모른다. 과거의 어느 부분이 진실인지 아닌지 알 수 없다. 다만, 지금 나는 나의 보금자리를 지키고 싶을 뿐이다.

손아귀에서 앵무가 바둥거렸다. 나는 다시는 어둡고 칙칙한 길을 헤매지 않을 것이다. 나에겐 새장이 필요하다. 떠나지 않아도 되는 삶, 매끼 식탁을 차려 의식을 치를 수 있는 곳이 필요하다. 물처럼 고요하게 시간을 보낼 수 있는 곳이 필요하다.

나는 남편의 무료하고 덤덤한 표정 안에 나에 대한 의심과 증오를 숨기고 있다는 것을 알고 있다. 하지만 남편을 사육하는 것은 나다. 행복한 가정을 위해 남편의 자유를 조금 인정해 줄 뿐이다. 나는 깊은 숨을 들이마신 후 앵무를 잡은 손에 힘을 주었다. 조금만 더 힘을 준다면 작은 식물처럼 앵무의 목도 '툭' 꺾일 것이다. 앵무의 목을 누르고 있는 손아귀에서 따뜻한 앵무의 체온이 느껴졌다. 서서히 앵무를 잡은 내 손에 힘이 빠졌다. 불안하게 새장을 나는 앵무의 날갯짓을 바라보며 나는 베란다 문을 힘껏 닫았다.

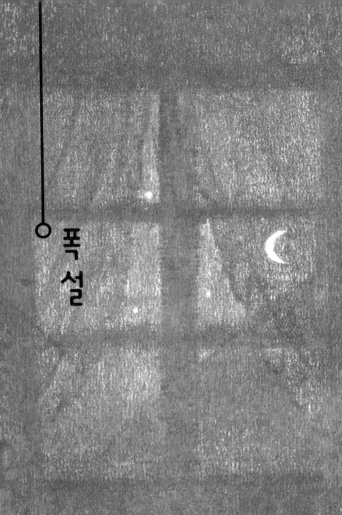

폭
설

눈이 쌓인 도로를 자동차들이 아슬아슬하게 주행하고 있다. 인도를 걷는 사람들의 걸음걸이도 위태롭기는 마찬가지이다. 매스컴에서는 연일 폭설로 인한 피해상황이 보도되고 있었다. 산간 마을에 갇힌 사람들은 생필품 부족을 호소했고, 공항에 갇힌 사람들은 바닥에 박스를 깔고 밤을 나고 있다며 불만을 터뜨렸다. 이례적인 한파와 폭설의 원인을 분석하느라 기상전문가와 재난정보센터 관계자가 나와 인터뷰를 했지만 폭설로 인한 주의 사항을 열거하거나 각별히 조심하라는 당부뿐, 별다른 묘책은 없어 보였다. 멈추지 않고 내리는 눈은 불길한 징조로 느껴졌다.

베란다 난간에도 눈이 쌓였다. 나는 엉거주춤한 자세로 밖을 보다가 화분들을 한쪽으로 치우고 쭈그려 앉았다. 아내는 해마다 봄이 되면 잎이 넓은 싱싱한 화분을 들였다. 하지만 식물은 한 달을 버티지 못하고 시들었다. 물을 주는 시기를 놓친 적도 없었고 그늘에 두지도 않았지만 식물은 뿌리째 말라 곧 빈 화분만 남게 되었다.

아내는 어디로 떠난 걸까. 더구나 이렇게 추운 날은 여행을 떠나기엔 적합한 날이 아니었다. 아내는 입버릇처럼 겨울이 싫다고 말했다. 기온이 떨어지면 수족냉증이 심해진다고, 온몸에 냉기가 흘러 아프지 않은 곳이 없다고 투덜댔다. 필리핀이나 베트남 어디쯤으로 갔을까. 아내는 사계절이 없는 더운 나라에서 살아 보고 싶다고 말했다. 돈만 모인다면 여길 뜨고 싶다고 혼잣말로 중얼거릴 땐 나는 아내가 떠나고 싶은 이유가 꼭 계절 탓은 아닐 것이라는 생각이 들었다.

아내가 잠시 휴식을 위해 떠난다는 메모를 남기고 사라진 날, 나는 오랜만에 박과 만났다. 박은 대학 동창이기도 했지만 우리 신문사 광고주이기도 했다. 최근 영업 실적으로 극심한 스트레스를 받고 있던 내게 박의 전화는 가뭄의 단비였다. 박이라면 내 사정을 모른 체하지 않을 것 같았다.

학원과 병원 영업을 맡고 있는 나는 언론에서 경기침체를 떠들기 전부터 경제가 심상치 않음을 감지했다. 재작년부터 신문 광고가 줄기 시작하더니 올해는 대형 학원이나 병원마저 광고를 중단하겠다고 하는 곳이 생겼다. 지면을 더 많이 할애해 준다거나 광고 횟수를 늘려 준다는 조건으로 겨우 잡아두었지만 언제 마음이 바뀔지 모를 일이다. 시장에 돈이 돌지 않으면 떨어지는 콩고물로 생활을 꾸려가는 내게는 치명적이었다. 당장 나가 계약서를 따오라는 최 팀장의 닦달로 학원가를 나왔지만 실은 마땅히 갈 만한 곳이 없어 거리를 배회하고 있었다. 계약서가 마음대로 써지는 것인가. 될 듯하다 펑크가 나고 일 년 넘게 공들여 막판 도장만 찍으면 되는 시점에서 광고주의 마음이 돌아서 맥이 풀린 적이 한두 번이 아니었다. 사정을 뻔히 알면서도

제 분에 못 이겨 나를 밖으로 쫓아낸 최 팀장에게 부아가 올랐다. 말이 팀장이지 최 팀장과 나는 영업 바닥에서 오 년도 넘게 일한 동료였다. 신문사가 다른 사람에게 넘어가면서 실적이 좋은 최가 팀장 자리를 꿰차긴 했지만 그래도 최 팀장이 나를 몰아세우는 것은 이해할 수 없다. 자리가 사람을 만든다더니 틀린 말은 아니지 싶었다.

나는 박에게 학원으로 찾아가겠다고 말했다. 박은 이십 년 넘게 국어 학원을 운영하고 있었다. 노동 운동을 하다 감옥살이를 했던 박은 대학 졸업 후 자리를 잡지 못했다. 박이 학원가에 자리를 잡은 것은 어쩔 수 없는 선택이었다. 하지만 법조인이 되지 못한 박에게서 패배감은 느낄 수 없었다. 학생들을 가르치는 일이 마치 자신의 큰 사명이라도 된 듯 진지한 표정으로 수업을 하는 박을 보면서 오히려 패배감을 느낀 것은 내 쪽이었다.

대학 졸업 후 나는 여러 신문사에 지원했지만 번번이 낙방했고 최종까지 간 지방 신문사에서 불합격 통보를 받았다. 박이 여러 차례 자신과 같이할 것을 권했지만 나는 거절했다. 훨씬 더 나은 인생이 있을 거라 의심치 않았기 때문이다. 더구나 영어도 수학도 아닌 국어 학원이 얼마나 견딜 수 있을지 박이 걱정스럽기까지 했다. 하지만 예상과 달리 박의 학원은 선전했다. 내가 자리를 잡지 못하고 여러 직업을 전전하는 동안 박은 안정된 삶 속으로 합류했다.

오 년 전, 미래신문으로 이직 후 나는 어쩔 수 없이 박을 찾았다. 영업 경험이 없던 내가 할 수 있는 일은 지인을 동원해 광고를 따는 것뿐이었다. 내가 어렵게 광고 이야기를 꺼냈을 때 박은 흔쾌히 고개를 끄덕였다. 졸업 후 연락을 끊다시피 한 내가 일 때문에 자신을 찾아온 것에 대해서도 박은 별로 서운한 감정을 드러내지 않았다. 그 후 론 일 년에 한두 번씩 박을 만났다. 내가 박을 찾은 이유는 거의 일 때 문이었다. 어쩔 수 없이 박의 도움을 받고 있지만 솔직히 박을 대면하 는 일이 그저 반갑지는 않았다.

엉거주춤한 자세로 교실을 들여다보고 있는데 수업을 끝낸 박이 나를 불렀다. 나는 반년 만에 만난 박을 향해 어색하게 웃었고 박은 손을 흔들며 나를 맞았다. 박이 밖으로 나가자며 내 소매를 잡아끌었 다. 어딜? 하는 표정으로 바라보자 박은 널 만났으니 술을 마셔야지 라며 겉옷을 챙겼다. 하지만 술을 마시기엔 너무 이른 시간이었다. 겨 우 네 시가 조금 넘은 시간이었다. 내가 머뭇거리자 그럼, 커피숍으로 가겠느냐고 물었다. 차라리 술이 나을 것 같았다. 무엇보다 아쉬운 부 탁을 하려는 자리인데 정신이 명료해지는 카페인보다 알코올이 낫겠 다 싶었다. 박과 나는 이른 저녁도 먹을 수 있고 술도 마실 수 있는 곳 을 택했다.

"너 아직도 육전 좋아하니?"

육전을 내가 좋아했던가? 세월이 흐르면서 나는 내가 어떤 삶을 원 했었는지, 어떤 것에 관심을 가졌었는지 잊어버렸다. 박이 기억하고 있는 나는 어쩐지 생소했다. 박은 그때 너 멋 좀 부리지 않았느냐, 음 악을 좋아하지 않았느냐, PD가 되고 싶어 하지 않았느냐고 말했고 나 는 글쎄, 워낙 오래전이라 기억나지 않는다며 쓸쓸히 웃었다.

"학원은 어때, 여전히 잘 되지?"

"너도 알다시피 요즘 학원가가 힘들다. 전체적인 경제 상황이 좋지 않잖아. 아이들도 많이 줄고. 그나마 수능 국어가 어렵게 출제되니 상위권 학생들이 있는 편이지."

"넌 운이 좋아."

"운? 글쎄, 이렇게 사는 것이 운이 좋은 건지 모르겠다. 젊었을 땐 신념을 위해 사는 것이 최고라고 생각했어. 그땐 목표가 분명했으니까. 지금은…… 왠지 허전하다. 난 가족도 없잖아."

박이 작게 웃었다. 연거푸 술을 마시는 박의 처진 어깨를 보자 왠지 모를 안도감이 들었다. 나는 불황으로 영업이 쉽지 않다고 말했다. 이대로 가다가는 일 년을 넘기지 못하고 신문사가 문을 닫을 것이라며 한숨을 쉬었다.

"다들 어려워. 인생이 다 좋을 수도 없고. 네 주변을 잘 봐. 좋은 것들이 많잖아."

나는 박의 시선을 피했다. 박에게 그런 위로의 말을 듣자고 했던 소리는 아니었다. 박은 젊었을 적 이야기들을 줄줄이 쏟아냈다. 그것은 무용담처럼 들리기도 했고 후회를 잔뜩 담은 실패한 인생이야기처럼 들리기도 했다. 나는 막걸리를 마실 뿐 박의 질문에 대답하지 않았고, 그때 너도 그렇지 않았느냐며 동의를 구하는 박의 표정을 보면서도 모르는 척 묵묵히 술잔을 채우거나 비웠다.

"정희 잘 지내니?"

아내의 이름을 오랜만에 들었다. 그것도 박의 입에서 말이다. 세월이 많이 지났지만 박의 입에서 아내의 이름을 듣는 것은 여전히 편치 않았다. 하지만 아닐 것이다. 아내는 누군가의 가슴에 평생 간직될 만한 사람은 아니었다. 당차고 똑똑한 여자였지만 건조하고 냉정했다. 박은 달라진 아내를 모를 것이다. 아내의 비쩍 마른 몸, 핏기 없는 얼굴, 숱이 빠진 머리카락, 무표정한 시선. 아내는 잘 지내고 있는 걸까?

술이 들어갈수록 박은 과거에 매달렸다. 우리의 삶이 완전히 달라졌는데도 박은 늘 같은 소리만 했다. 그놈의 옛날이야기, 케케묵은 그 시절 그 이야기를 잊지 못하는 이유가 무엇일까. 박이 나를 대하는 태도도 마찬가지였다. 여전히 대학 시절 나를 대하듯, 원망 없이 막역한 친구로 대하는 박의 태도가 나는 오히려 불편했다. 차라리 그때 왜 그랬느냐고 따지고 들었더라면 마음이 편할 텐데, 박의 태도는 나를 더욱 궁지로 몰았다.

술에 취한 박을 태운 택시가 빠른 속도로 시야에서 멀어졌다. 나는 박이 떠난 텅 빈 도로를 한참 동안 바라보았다. 나는 도로에 뒹굴고 있는 캔을 세게 찼다. 텅, 발에 채인 캔이 굴러가는 소리가 어둠을 갈랐다. 술을 많이 마셨는데도 취하지 않았다. 칼바람이 귀와 목덜미 속으로 파고들어 온몸에 한기가 돌았다.

나는 택시를 잡는 대신 밤거리를 걸었다. 박에 대해, 정희에 대해 생각을 하면 할수록 가장 불행한 사람은 나인 것 같았다. 지겹게 떠들던 박이 떠났고 더 이상 지나간 일들 따윈 생각할 필요가 없는데 이상하게 기억하고 싶지 않은 과거의 일들이 뒷목을 잡았다. 뚜벅뚜벅. 조용한 밤거리를 걷는 내 곁에 어느새 젊은 박과 아내가 따라 붙었다.


자신감이 넘쳤고 추진력 또한 좋았던 박과 화장기 없는 얼굴에 순한 눈매를 가진 아내는 대학 입학 후 곧 사귀게 되었다. 그들 사이에 왜 내가 끼였는지 모르겠다. 다만 고등학교 동창인 박과 붙어 다니다

보니 자연스럽게 셋이 보내는 시간이 많아졌던 것이 아닐까 싶다. 시간이 흐르면서 나는 박과 정희 사이에 살짝 어긋나는, 작은 균열을 느낄 수 있었다. 그리고 박과 정희가 잘 되지 않을 것이라는 걸 예감했다. 나는 그들 사이에 더 큰 틈이 생기길 바라며 주변을 맴돌았다. 그러다가 결정적으로 그들이 헤어지게 된 사건이 있었다.

그날은 동아리 전체 회식이었다. 모두들 먹고 마시느라 시끌벅적한 때, 박이 자리에서 일어나더니 정희를 불렀다.

"나정희, 너 집회에 계속 나오지 않는 이유가 뭐야? 너만 공부하고 너만 아르바이트하는 거 아니야. 둘러봐. 여기 한가한 사람이 있는지."

그날 술자리에서는 박이 평소보다 심하게 정희를 몰아붙였다. 독서 동아리 회원이었던 우리는 같이 어울려 술을 마시거나 영화를 보는 일이 잦았고 그날 또한 서로의 관계를 더욱 돈독히 하자는 취지에서 동아리 회원 전체가 모였다. 나 또한 회원이었지만 동아리 활동은 불성실했고 더구나 그때는 테니스에 빠져 있던 때라 모임에서 완전히 아웃사이더였다. 박이 반드시 참석하라고 재촉하지 않았더라면 나가지 않았을 것이다. 행동이 느리고 잡다한 생각이 많았던 나는 동아리 성격과 맞지 않았다. 말은 독서모임이었지만 사실은 정권에 대항해 데모에 앞장서고 선동했던 모임이라 선배 중 몇은 경찰에 쫓겼고 박또한 학교 공부보다는 데모나 집회에 열을 올렸다.

정희는 아무 대꾸도 없이 고개를 떨어뜨린 채 듣기만 하고 있었다.

"넌 항상 멀리서 구경만 하고 있지. 차라리 동아리 성격이 맞지 않으면 탈퇴해."

정희가 의자에 걸려 있던 가방을 낚아채 밖으로 뛰쳐나갔다. 순간 정적이 흘렀고 그 이후 우린 누가 먼저랄 것도 없이 서둘러 자리를 떴다. 그 자리가 불편했던 사람은 정희뿐만이 아니었을 것이다. 박은 정희를 지명했지만 그 말은 동아리 회원 전체에게 했던 말이었다. 성실하지 않았던 사람은 정희뿐만이 아니었으니까. 그 일을 계기로 박과 정희는 소원해졌다. 정희는 망설임 없이 동아리를 탈퇴했고 박은 더욱 의욕적으로 학생 운동에 앞장섰다. 그렇게 서로 각자의 길을 갔다. 하지만 나는 알고 있었다. 박도, 정희도 서로를 그리워하고 있다는 것을 말이다.

정희는 어때? 선배는 요즘도 바쁜가요? 박과 정희가 내게 가장 많이 물었던 말들이었다. 나는 애매하게 웃으며 대답을 피했다. 나는 여럿이 다니는 것보다 박이 아니면 정희, 그렇게 둘이 다니는 것이 좋았다. 셋이 있을 땐 내 이야기는 허공에서 맴돌았지만 둘이 있는 때는 내 관심사는 곧 서로의 관심사가 되었다. 어느 경우든 상대에게 이해받고 있다는 느낌이 좋았다.

우리의 결혼식에 박이 왔던가? 왔을 것이다. 박은 껄끄러운 자리라고 핑계를 대며 피하는 스타일이 아니었다. 결혼과 함께 우리 관계에서 완전히 사라졌다고 생각했던 박, 하지만 결혼 생활 내내 수시로 우리 관계에 끼어들었다. 시험에서 번번이 낙방했을 때, 힘들게 구한 직장을 그만두었을 때, 사업에서 실패했을 때, 아내보다 박의 얼굴이 먼저 떠올랐다. 박의 얼굴이 떠오를 때마다 아내에게도 화가 났다. 박 때문에 아내와의 관계는 팽팽했고 피로했다.

박과 헤어진 후 집으로 돌아왔을 때 나는 특별히 달라진 것을 눈치 채지 못했다. 집은 평소처럼 잘 정돈되어 있었다. 거실 한구석에 있는 빨래건조대에서는 아내가 자주 쓰던 섬유유연제 냄새가 났고 가스레인지 위에는 아내가 끓여 놓은 된장국이 있었다. 나는 오랜만에 박이 그랬던 것처럼 아내의 이름을 불렀다. 나정희, 나정희 나와 봐. 아내의 방문은 열리지 않았다. 쉽게 열릴 것이라고는 생각하지 않았다. 우리는 각방을 사용한 지 오래되었고 대화 없이 생활한 지도 꽤 되었다. 아내의 방은 여전히 침묵했다. 주먹을 쥐고 문을 때려도 보고, 소리를 질러도 보고, 발로 차기도 했지만 역시 냉랭한 기운만이 전해졌다. 결국 포기하고 냉장고에서 물을 꺼내려다 아내의 메모를 발견했다.

─좀 쉬러 가. 오래 걸리지는 않을 거야.

아내는 일기예보도 보지 않은 것인가. 곧 대설주의보가 내린다는데 여행이라니. 나는 서둘러 아내에게 전화를 해 보았다. 전원이 꺼져 있었다. 정말이지 아내의 돌발 행동을 이해할 수 없었다. 깊은 한숨과 함께 냉장고에서 생수를 꺼냈다. 하루가 엉망진창이었다. 최 팀장 때문에, 박 때문에 수고스러운 하루였다. 그런데 집에 들어오니 아내마저 사라진 것이다. 나는 생수병을 거실 바닥에 던졌다. 뚜껑이 열린 물통에서 물이 쏟아져 거실 바닥으로 번져갔다. 나는 식탁에 걸린 수건으로 바닥의 물을 닦아냈다.

눈발이 약해졌다. 하지만 여전히 길은 빙판이었다. 매스컴에서는 대중교통을 이용해 출근할 것을 당부했으며 오후에 다시 폭설이 내릴 것이니 각별히 조심하라고 당부했다.

한기 탓인가. 갑자기 출출해졌다. 그러고 보니 아무것도 먹지 않았다. 싱크대 선반에서 라면을 꺼냈고 냉장고에서 먹다 남긴 소주를 찾았다. 아내가 집을 떠난 후 부엌이며 거실이 점점 어수선해졌다. 부엌은 치운다고 치워도 정리가 되지 않았다. 집이 지저분해서인지 마음이 더욱 심란했다. 일단 거실 소파에 쌓인 옷을 정리해야겠다고 생각했다. 불쑥불쑥 올라오는 화를 잠재우기 위해서라도 집 안 청소를 좀 하고 싶었다. 이런저런 생각을 하다 라면이 끓고 있는 줄도 몰랐다. 불어터진 라면은 짜고 맛이 없었다.

"오늘도 출근 안 할 거야? 국어학원 광고는 연장됐어?"

최 팀장이 전화를 했다. 좀 쉬어야겠다고 하자 최 팀장은 지난번 심하게 화를 냈던 것이 미안했던 것인지 완곡하게 무슨 일이 있는 거냐고 묻기만 할 뿐 출근을 독촉하지는 않았다. 내가 대답 없이 한숨만 쉬자 최 팀장은 무슨 일인지 모르겠지만 잘 해결하라는 당부를 끝으로 전화를 끊었다. 가끔 거칠게 나를 몰아세우기는 했지만 최 팀장도 독한 사람이 못 되었다.

최 팀장과 통화를 끝내자 앞으로는 다시 최 팀장 얼굴을 보고 싶지 않다는 생각이 들었다. 오십이 다 된 나이에 학원을 찾아다니며 원장에게 아쉬운 소리를 하고 원장들의 싫은 소리에도 웃어야 하는 상황도 지겨웠다. 새파랗게 어린 원장들 비위 맞춰가며 가까스로 계약서에 사인을 받아도 기쁘지 않았다. 간, 쓸개 다 빼주고 얻은 서류들을 전부 찢어버리고 싶은 충동도 수시로 일었다. 다른 일을 찾아보면 어떨까. 빌어먹을 비굴한 웃음을 짜내며 네, 네, 대답해야만 하는 영업직이 아니라면 무슨 일이든 괜찮을 것 같았다. 하지만 다른 일을 찾기 전에 직장을 그만둘 수도 없다. 세상엔 어쩔 수 없는 일이 너무 많다.

아내가 방문 교사를 그만두고 싶다고 말했을 때 나는 좀 더 참아 보면 어떻겠느냐고 말렸었다. 어쩔 수 없는 일 아니겠냐고 아내를 바라보았다.

"일어를 가르치는데 아이가 날 빤히 쳐다봐. 몇 년 동안 재일교포에게 일어를 배웠다는 아이는 나보다 일어를 잘해. 아이 엄마는 아이가 일어를 잊어버리지 않도록 학습지라도 시켜야겠다고 했어. 일어는 나도 처음이야. 당신 알다시피 난 전공자가 아니잖아. 난 매일 밤늦게까지 미리 예습을 해. 하지만 아이는 엉뚱한 질문으로 나를 당황하게 하지. 다음 시간에 말해 줄게, 라고 하면 아이는 키득키득 웃어. 그 영악한 눈빛으로 나를 꿰뚫고 있어. 근데 그것보다 더 싫은 것은 수업을 끝내고 나왔을 때 안도감과 아이가 그만두겠다고 하면 어쩌지 하는 불안감이 동시에 든다는 거지. 차라리 저런 아이는 학습지를 끊어주는 것이 낫겠다 싶다가도 회원 한 명 떨어지면 월급이 또 줄어든다는 생각에 마음이 무거워져."

"그건 어차피 다른 선생님도 마찬가지 아니야? 일어를 전공한 사람이 얼마나 있겠어? 그리고 일어를 전공한 사람은 일어만 쉽지 수학을 가르칠 땐 당신과 마찬가지 심정이겠지. 학부모들도 그렇지. 학습지로 아이의 실력이 일취월장하길 바라는 것은 아닐 거야. 당신은 매사 너무 예민한 것이 문제야."

"예민해서라고, 당신은 알까? 집집마다 돌아다니며 수업을 하는 기분을. 여름에는 발에 땀이 차서 냄새가 나. 그럴 때마다 집 안에 발을 들여놓는 내 기분이 어떨지. 수업이 끝난 후 난 낡은 갈색 단화를 찾아 신고 나오지. 급히 나서려는데 아이 엄마가 내게 할 말이 있다고 하면 가슴이 뛰어. 수업을 그만두겠다고 하면 어떻게 설득할지 심장이 뛴단 말이야. 쿵쾅쿵쾅, 그런 것 때문에 내 심장이 뛴다고."

"지금 당장 그만두면 힘들어. 우린 지금 아무것도 없어."

"아무것도 없는 것은 나중에도 마찬가지일 거야."

"아이들 가르치는 일처럼 쉬운 일이 세상에 있는 줄 알아. 당신은 세상 밖을 몰라. 거긴 정글이야, 정글. 아이들만 상대를 해서 뭘 모르니 그런 태평한 소리를 하는 게지."

"정글은 내 안에 있어. 무섭고 힘든 정글은 우리 안에 있다고. 당신에게 정글은 대체 어디야, 당신은 정글을 경험한 적이 있어?"

나는 돈을 많이 벌지는 못했지만 맹세코 단 한 번도 가장이라는 책임감에서 벗어난 적은 없었다. 결혼 후 고시공부를 제안했던 것은 아내였다. 쉽지 않았다. 오 년이라는 세월을 보내고서야 그만둘 수 있었다. 공부만 했던 내가 할 수 있는 일은 좀 더 쉬운 시험에 도전하는 것뿐이었다. 그렇게 또 공무원 시험 준비로 오 년을 보냈다. 이제 와서 아내는 내가 허송세월을 했다고 생각하는 것인가.

"고시를 권한 것은 당신이었어. 당신도 원했잖아."

"작은 회사에선 일할 수 없다고 말했던 것은 당신이야. 당신은 박에 대한 열등감으로 능력도 되지 않은 일에 욕심을 부린 거야."

아내가 박을 꺼내자 분노를 걷잡을 수 없었다. 열등감이라니.

"장모님은 어떻게 할 건데, 지금까지 당신이 부양했던 장모님은 앞으로 누가 책임질 건데. 자기 앞가림도 못 하는 처남이 하겠어?"

아내가 경제활동을 하지 않는다면 그녀의 친정에도 문제가 될 것이었다. 친정 이야기가 나오자 아내는 입을 굳게 닫았다.

결국 아내가 집에서 공부방을 하는 것으로 합의를 보았다. 충분한 합의를 통해 얻은 결론이었다고 생각했는데 아내의 말수가 더욱 줄었다. 아내가 집에서 과외를 하면서 얻는 수익은 학습지 교사를 했을 때보다 훨씬 좋았다. 결론적으로 현명한 선택이었다.

아내가 없는 방. 그곳에서 아내는 무엇을 할까. 그녀가 없는데도 나는 선뜻 방문을 열지 못한 채 한참을 망설였다. 어디선가 건조하고 차가운 시선으로 나를 바라보고 있을 것 같았다. 아니 그럴 리가 없지 않은가. 고개를 저으며 조심스럽게 방문을 여는 순간 깜짝 놀랐다. 그곳은 방이 아니라 거대한 화분이었다. 수많은 식물들이 맹렬하게 나를 향해 달려왔다. 온몸에 오소소 소름이 돋았다. 방문을 열고 한 발 한 발 들이밀 땐 손에 땀이 났다. 밖은 기온이 영하로 떨어지고 며칠 동안 폭설이 쏟아지는데 아내의 방은 다른 계절이었다. 금전수, 산세베리아, 스투키, 파키라, 선인장이 있었고 어린아이 키만큼 자란 행복나무가 있었다. 방 가장자리로는 울타리 파티션을 설치해 담쟁이 넝쿨을 키웠다. 무엇보다 방 전체를 초록색으로 도배해 벽과 천장, 나무들이 하나의 거대한 넝쿨로 보였다. 나는 울창한 숲을 지나듯 무릎에 걸리는 나뭇잎들을 손으로 치우며 안으로 들어갔다. 방 한쪽에는 싱글 침대가 있었고 작은 책장이 있었다. 책장에도 책보단 다육이 더 많은 자리를 차지하고 있었다. 아내는 이곳에서 무슨 생각을 하는 걸까. 도대체 언제부터 식물을 키우기 시작한 걸까. 해가 잘 들지 않은 방이었지만 나무들은 건강했다. 나는 책장에서 아내가 읽었을 책을 꺼내보았다. 누렇게 바랜 책에 군데군데 밑줄이 그어져 있었다. 그리고 책 마지막 장에 붉은 펜으로 옳고 그름은 없다. 좋은 것도 나쁜 것도 없

다. 다만 선택이 있을 뿐이라고 씌어 있었다. 글 밑에는 영문으로 'P'
라고 씌어 있었다. 낡은 책들 뒤엔 대부분 'P'라는 영자가 씌어 있었
다. 꺼냈던 책을 제자리에 넣었다. 책장을 찬찬히 살폈더니 '임신과 출
산'이라는 책이 눈에 들어왔다. 아내는 이 책을 왜 산 걸까. 아내는 임
신을 할 수 없다. 누구보다 자신이 더 잘 알 것이다. 아내는 어떤 사람
일까. 우리는 점점 더 멀어지고 있었다. 살아온 세월만큼 서로에게 벗
어나기 위해 악착같이 애를 쓰는 사람들 같았다. 아내의 손끝에서는
아무것도 자랄 수 없다고 생각했는데……. 점점 말라가는 아내의 몸,
왕성하게 자라나는 식물. 생각이 엉키고 엉킨 채 나는 작은 숲을 빠져
나왔다.

기온이 15도 아래로 떨어져 집에서도 추위를 느꼈는데 아내의 방에
선 온 집을 삼킬 듯 식물이 자라고 있었다. 나무는 천장까지 자랄 것이
다. 넝쿨은 곧 벽을 타고 올라갈 것이다. 아내의 자궁은 생명을 잉태하
지 못했지만 아내의 손에서는 수많은 식물들이 성장하고 있었다.

생각이 많아지자 머리가 지끈거렸다. 설거지라도 해야겠다 싶어
점심 때 먹다 남은 라면을 개수대에 쏟아부었다. 씻지 않은 그릇들이
개수대 안에 한가득 쌓여 있었다. 안 되겠다 싶어 설거지를 시작하려
는데 물이 내려가지 않았다. 좀 전 먹다 남아 버린 라면 때문인가 싶
어 거름망에 있는 음식 찌꺼기를 꺼내 버렸지만 개수대는 쿨럭, 쿨럭
소리만 낼 뿐이었다. 나는 개수대에 쌓아놓았던 냄비며 그릇들을 꺼
냈다. 그리고 세탁소 옷걸이를 찾아 일자로 편 후 막힌 곳이 있는지
확인해 보았다. 옷걸이의 움직임으로 보아서는 음식물 찌꺼기가 걸
린 것은 아닌 것 같았다. 싱크대 배수관과 연결된 호스도 살펴보았지

만 기름때 정도였다. 어쨌든 물이 내려가지 않으니 싱크대에서 물을 쓰는 일은 불가능했다. 나는 개수대에 쌓인 그릇들을 화장실로 가져가 세면대에 두었다. 그리고 배수구 상태를 확인하느라 엉망이 된 주방 바닥과 싱크대 주변을 정리했다. 당장은 설거지나 쌀을 씻는 정도는 화장실에서 해야 할 것 같았다. 인터넷으로 검색해 보니 배수구가 막혔을 때는 염산을 뿌리면 효과가 있다는 내용이 보였다. 하지만 집에 염산이 있을 리 없다. 나는 관리비 납부 영수증을 찾아 관리사무소에 연락을 했다. 긴 통화음만 울릴 뿐 전화를 받지 않았다.

설거지하기도 글렀고 담배를 피울까 싶었는데 담뱃갑이 비어 있었다. 빈 담뱃갑을 구겨 휴지통에 넣고 점퍼를 걸쳐 입었다. 담배도 사고 찬바람도 쐬고 싶었다. 쌓인 눈이 슬리퍼 사이로 들어왔다. 아무 생각 없이 끌고 나온 슬리퍼 때문에 양말까지 축축이 젖었다. 운동화를 신고 올 걸 후회했지만 다시 돌아가기는 귀찮았다. 슬리퍼 때문에 길이 더 미끄러웠다. 아파트 입구며 인도까지 쌓인 눈이 얼어 무릎에 힘을 주며 걸어야 했다. 눈을 쓸던 경비 아저씨는 지친 표정으로 인사했고 텔레비전에 시선을 고정한 슈퍼 아저씨는 심드렁한 표정으로 에쎄프라임 두 갑을 내주었다. 담배를 받고도 한참을 그대로 서 있는 나를 남자는 더 볼일 있냐는 듯 빤히 쳐다보았다.

"아, 저 싱크대가 막혀서요. 그거 뚫는 거 있죠?"

"곧 단수가 될지 모르는데 뚫어서 뭐하려고 그래요."

"단수가 된다고 했나요?"

"말을 해야 아나. 지금 다른 지방들은 물 못 쓴다고 난리 났잖아요. 눈이 그치지 않으면 여기도 금방이요."

나는 잠시 망설였다. 단수는 그저 남자의 말이다. 단수가 되든, 안 되든 싱크대 배수관을 뚫어야 할 것이다.

"하여튼 그거 뚫는 거 어디 있나요?"

"우리 가게는 없소. 큰길에 있는 마트로 가보든지."

"근데 뚫리긴 뚫릴까요?"

남자는 내 질문에 답을 하지 않았다. 그리고 눈 때문에 매장을 청소해도 금세 엉망이 된다며 짜증스러워했다. 나는 매장 내에 검고 길게 찍힌 슬리퍼 자국을 보면서 담배를 들고 나왔다. 길은 위태로웠다. 속도를 줄이지 못한 자동차가 신호등을 들이박았다. 놀란 행인들이 자동차 주변으로 모여들었다. 다행히 운전자는 다치지 않은 것 같았다. 나는 큰길로 나가지 않고 집으로 돌아왔다. 단수가 될지도 모르니까.

밤이 되니 대설주의보가 대설경보로 바뀌었다. 도로는 물론 지하철 운행도 지체되었고 학교는 휴교령을 내렸다. 하늘에서 펑, 펑 폭탄이 터지듯 눈이 쉴 새 없이 뿌려졌다.

누군가 현관을 두드리는 소리가 들렸다. 아내가 돌아온 것일까. 마음이 다급해졌다. 현관을 열자 박이 보였다. 웬일이냐고 묻자 박은 추운데 몸 좀 녹이고 가면 안 되겠느냐며 나를 제치고 성큼성큼 집 안으로 들어갔다. 나는 별다른 대꾸도 못 하고 앞서가는 박의 뒤꽁무니를 따라 들어갔다.

"왜 출근 안 한 거야? 최 팀장이 걱정하더라."

박이 어질러져 있는 바닥을 발뒤꿈치를 들고 걸었다. 나는 서둘러 거실과 부엌을 치웠다.

"아내가 여행을 가서 집이 엉망이다."

박의 손에는 소주 세 병과 족발이 들려 있었다. 박은 싱크대 선반에서 소주잔을 찾아와 식탁에 앉더니 내게도 어서 앉으라고 재촉했다.

"눈 오는 날엔 소주가 최고다. 지난번 만난 날, 내가 너무 취했지?"

"차는 가져온 거야? 길 다니기 괜찮아?"

"눈이 와도 급한 사람은 움직여야지. 폭설이라고 봐주는 세상이 아니잖아. 불편해도 할 일은 해야지."

나는 괜히 무안해졌다.

"그런데 정희는 어디로 떠난 거야, 이런 날?"

나는 이런저런 생각으로 머리가 복잡했다. 박은 어떻게 우리 집을 알고 왔을까. 도로 상황이 좋지 않을 텐데 나를 찾아온 이유가 무엇일지 궁금했다. 시치미를 떼고 있지만 박은 아내의 가출을 알고 있는 것인가. 아니지. 가출은 아니다. 분명 아내는 머리를 식히려 한다고 했으니까 말이다. 정확한 거처를 알려주지 않았을 뿐이다.

나는 박이 건넨 소주 두 잔을 거푸 마신 후 박에게 따지듯 물었다.

"혹시 최근 아내를 만났니?"

"만나지는 않았고 얼마 전에 전화가 왔더라. 학원 경기는 어떠냐고, 그래서 학원을 해 볼 생각이냐고 물었는데 그건 또 아닌지 별말 안 하더라."

아내는 과외나 학원 따위가 아니라 식물원을 열고 싶을 것이다. 그저 일을 핑계로 박과 통화를 하고 싶었을지도 모른다. 박과의 술자리가 새벽까지 이어졌다. 빈속에 술을 마셨더니 금방 취했다. 취기 때문인가. 박이 어색하지도 거북하지도 않았다. 여러 일들이 떠올라 미안하기까지 했다. 마치 젊은 시절로 돌아간 것처럼 술자리가 편했다. 우리에겐 좋은 시절보다 어려운 시절이 더 많았어. 그래도 지금까지 살아왔잖아. 아마 잘 지나갈 거다. 걱정 마라. 박이 내 어깨를 두드렸다. 정말 그럴까? 견디기만 한다면 버티기만 한다면 불운 또한 슬며시 자취를 감출까. 술기운에 잠깐 눈을 붙인다고 했는데 깊이 잠든 모양이었다. 눈을 떠 보니 오전 아홉 시가 넘은 시간이었다. 일어났을 때 박은 떠나고 없었다.

눈발이 다시 굵어졌다. 바람 때문인지 눈은 허공에서 잠시 머물렀다 낙하했다. 눈은 점차 세상의 모든 것을 삼키고 있었다. 매스컴에서는 고립, 사망, 사고와 같은 불길한 단어를 쏟아냈다. 아내는 돌아올 수 있을까. 막막한 기분이 든 나는 조심스레 아내의 방문을 열었다. 바깥과는 다른 곳, 아내의 침대에 누웠다. 다른 온기와 색, 정말이지 따뜻한 나라에 와 있는 것 같았다. 초록의 식물이 나를 포근하게 감쌌다. 숙취 때문인가. 저절로 눈이 감겼다. 아니다. 며칠 동안 불면의 밤을 보낸 탓이다. 아내의 방에서는 잠을 잘 수 있을 것 같았다. 그녀가 돌아올 때까지 오래오래 잠을 자야겠다. 잠에서 깨어날 즈음엔 지겹게 내리고 있는 눈도 그쳤겠지. 아, 물이 나왔었나. 청소를 해야 하는데……. 이런저런 생각이 불쑥불쑥 떠올라 몸이 근질거렸지만 점차 꿈속으로 빠져들었다.

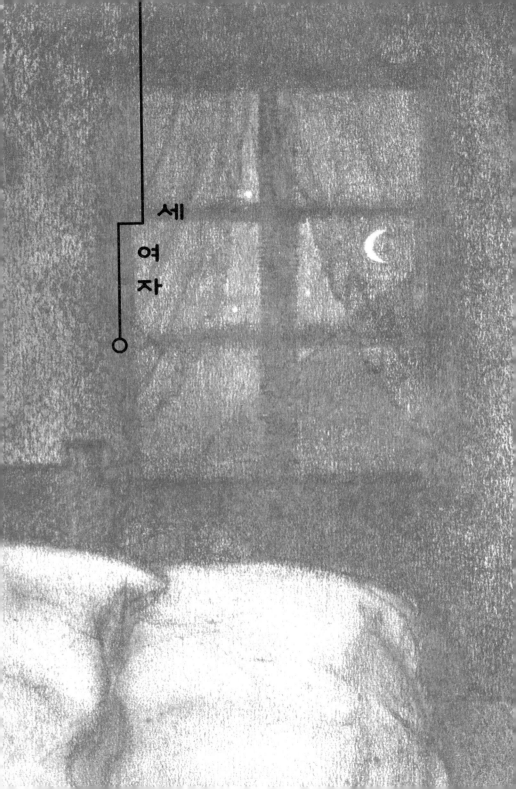

세
여
자

혀에 통증이 생기기 시작한 것은 장례식장에 다녀온 직후였다. 열
감을 시작으로 따끔따끔한 통증이 이어지는가 싶더니 시간이 지나면
서 하얀 태가 보이기 시작했다. 입안에 침이 고였고, 백선까지 생겨
혀를 볼 때마다 찜찜했다. 병원에도 가 보았지만 별 소용이 없었다.
의사는 스트레스가 쌓였거나 면역력이 떨어져 그런 것이라며 잘 먹고
충분히 쉬어야 한다고 했다.

나는 입을 크게 벌리고 혀 상태를 꼼꼼히 살폈다. 혀 중앙의 백태
가 더 두꺼워졌다. 가장자리에는 잇자국이 보였고 혓바닥은 갈라져
있었다. 양치 후 클리너로 혀 안쪽과 중앙을 닦고 있는데 휴대폰이 울
렸다. 여러 차례 벨이 울렸지만 혀에 집중하느라 전화를 받을 수 없었
다. 아무리 닦아도 하얀 태는 사라지지 않았다. 클리너 후 구강청결제
로 몇 차례 입을 헹구었다. 입속은 여전히 눅눅한 동굴 같았다.

다급히 전화를 한 사람은 진자 이모였다. 전화를 받은 이모에게 미
용실에 나가지 않았느냐고 묻자 이모는 몸살 탓인지 도통 기운이 없

다고 했다. 안부를 묻는 이모에게 나는 한참 동안 혀 이야기를 했다. 이야기를 듣던 이모가 난데없이 엄마의 사십구재를 지내면 어떻겠느냐고 물었다. 갑작스러운 이모의 제안에 나는 당황했다. 이모가 재차 좋은 곳 운운하며 사십구재를 언급했고 나는 그럴 필요까지 있느냐며 엄마의 마지막 가는 길에 참석한 것으로 충분하다고 대답했다. 그리고 엄마에게는 가족이 있으며 사십구재든 뭐든 그들이 알아서 할 일이라고 했다. 너도 그날 보지 않았니? 얼마나 냉정한 사람들인지. 세상에 빈소가 무슨 축제 같더구나. 사실 그런 분위기는 아니었다. 빈소에는 사람이 많지 않았고 가족들은 침통해하지는 않았으나 홀가분하다는 듯한 표정도 아니었다. 나는 이모의 말을 정정해 주고 싶었지만 그만두었다. 그들은 혈육이 아니잖아, 우리가 해야 해. 나는 이모가 하겠다면 어쩔 수 없지만 관여하고 싶지는 않다고 했다. 이모는 넌 반드시 참석해야지. 부탁이 아니라며 쐐기를 박듯 단호하게 이야기했다. 나는 이젠 산 사람이 중요하지 않느냐고 했고 이모는 그래, 산 사람을 위해 하는 거야, 라며 전화를 끊었다.

엄마 장례식에 다녀온 후 이모는 한동안 전화를 받지 않았다. 엄마의 갑작스러운 죽음이 이모에게는 상당한 충격이 되었던 걸까. 그렇다고 해도 사십구재는 또 무슨 말인지 모르겠다. 복잡하고 바쁜 세상이었다. 요즘 세상에 그런 것까지 일일이 챙기는 사람이 얼마나 있을까 싶었다. 이모가 침묵 끝에 내린 결론이 사십구재라니. 미용실을 운영하는 이모도 옷가게를 하고 있는 나도 한가한 사람들은 아니었다. 시간이 나는 대로 이모를 만나 봐야겠다고 생각했다. 전화를 끊은 후 혀를 길게 빼고 거울을 바라보았다. 입안이 텁텁해 다시 양치를 시작했다.

장례식장은 여느 장례식장과 다름없는 풍경이었다. 검은 상복을 입은 사람이 몇 보였고 입구로 들고나는 사람이 여럿 있었다. 재촉하듯 말하며 일방적으로 전화를 끊은 이모는 도착하지 않았다. 나는 이모를 기다리다 장례식장 입구에 설치되어 있는 자판기에서 커피를 뽑았다. 미지근하고 단 커피를 거푸 세 잔이나 마셨지만 이모는 도착하지 않았다. 평소 이모의 성격이라면 진즉 도착하고도 남았을 시간이었다. 이모를 기다리다 천천히 장례식장 안으로 들어갔다. '조운자(60)'라고 씌어 있는 안내판이 눈에 들어왔다. 조운자. 나를 낳은 여자였다. 엄마에게는 박성훈이라는 남편과 아들이 둘 있었다. 엄마는 그동안 여러 가족들과 살았다. 나는 엄마의 첫 번째 가족이었다. 내 기억에 아빠는 존재하지 않았다. 이모에게 들으니 내가 아주 어렸을 때 헤어졌다고 했다. 사랑이 식었던 게지. 이모는 건조한 목소리로 말했는데 나는 사랑 때문이라는 말이 전혀 와닿지 않았다. 다만 헤어진 후 엄마가 아빠를 원망하지 않았던 것으로 보아 아주 나쁜 사람은 아니었던 것 같았다. 아빠는 없었지만 작은 주택 이층에서 살았던 그때가 참 좋았다. 어찌된 영문인지 모르겠지만 엄마는 일을 하지 않았고 늘 내 곁에 있어 주었다. 엄마는 예뻤고 노래를 좋아했다. 콧노래를 부르며 설거지를 하던 엄마의 모습은 여전히 기억에 남아 있다. 엄마는 내 작은 손을 꼭 잡곤 했는데 엄마가 떠나자 진자 이모가 내 손을 잡아 주었다. 진자 이모와 살게 된 후에는 몇 년에 한 번 정도 엄마를 만났다. 그때는 엄마도 나도 손을 잡지 않았다. 내 손은 엄마가 귀여워하며 쓰다듬던 작은 손이 아니었고, 나는 엄마와 손을 잡고 싶지 않았다. 엄마는 자주 사랑에 빠졌고 사랑에 빠진 만큼 실연했다. 만나던 남자와 헤어지면 엄마는 큰 캐리어 두 개를 끌고 외가로 돌아왔다. 다시는 떠나지 않을 것처럼 말하곤 했는데 금방 또 다른 사랑을 찾아 떠났다. 엄마는 여러 남자와 살았지만 다행인지 불행인지 혈육은 나뿐이었다. 혈육이라고 해서 다를 것도 없었다. 엄마의 많은 가족 중 한 명이었고 지금은 그저 조운자 씨의 문상객일 뿐이었다.

엄마는 하필 이런 날 죽었을까. 명절 탓인지 장례식장은 슬픔과 아쉬움보다 묘한 들뜸이 느껴졌다. 오랜만에 가족들을 만나고 급히 빈소에 들른 사람들에게는 야릇한 활기가 묻어 있었고 그것은 망자에 대한 서운함이나 허망함이 없어서가 아닌 화창한 가을 날씨와 공기 때문인 듯했다. 엄마의 죽음 앞에 통곡하며 눈물을 쏟아내는 사람도 없었다. 의례적인 분위기였고 그것이 좋다, 나쁘다, 라고 말할 수 없을 것 같았다. 하지만 엄마는 슬픈 장례식장보다 이런 느낌을 좋아할지도 모른다. 엄마는 슬픔이라는 정서를 병적으로 싫어했다. 그래서 비극적인 영화나 가슴이 찡한 다큐멘터리도 보지 않았다. 색깔도 밝은 계열을 선호했으며 노래도 무조건 신나야 좋은 노래라고 말하곤 했다. 엄마는 평생 즐거운 마음으로 웃으며 살고 싶어 했는데 엄마 인생은 아마 반대였을 것이다. 비참하지 않으려, 외롭지 않으려 애쓰며 살았던 엄마의 인생은 매 순간이 비극이었다. 그리고 비극을 외면하고 인정하지 않으려 애쓴 만큼 불행했다.

엄마의 불행은 진자 이모와 내게도 전염되었다. 엄마는 뜬구름 잡듯 행복을 찾아 집을 나섰고 그럴 때마다 우리에게 많은 빚을 남겼다. 혈육은 족쇄가 되었다. 엄마의 빚을 갚기 위해 내 인생은 일찍부터 노동에 저당 잡혔다. 진자 이모도 마찬가지였을 것이다. 우리는 엄마가 등장할 때마다 불안했다. 엄마는 반기지조차 않는 것이냐며 눈을 흘기곤 했는데 그런 엄마를 보면 미간에 주름이 잡혔다.

진자 이모는 엄마의 죽음을 알리면서 약간 울먹였는데 괄괄한 성격과 달리 눈물이 많은 편이었다. 장사로 바빴던 우리는 이번 명절만큼은 함께 지내자고 했다. 살아 보니 가족뿐이더구나. 최근 들어 이모는 한가한 시간에 전화를 자주 했고 통화가 잦아지면서 이모와 매우 가까워진 느낌이었다. 이모에게 전화가 왔을 때 나는 일찍 가게 문을 닫고 함께 저녁을 먹자고 할 생각이었다. 서둘러 전화를 받았는데 이모는 한동안 아무 말도 하지 않았다. 이모, 진자 이모. 여러 차례 부르자 이모가 물기 있는 목소리로 낮게 말했다.

"운자 언니가 죽었다는구나."

"하필, 명절에."

나는 꽃집 여자가 가져온 송편을 먹고 있었다. 여자는 우리도 추석 기분을 내 봐야 하지 않겠느냐며 송편과 전 그리고 곶감을 가져왔다. 나는 이모에게 장례식장에 갈 것이냐고 물었다.

"너도 가야지, 네 엄마이기도 하잖아."

"지금은 다른 가족이 있잖아."

"마지막 가는 길이야."

이모는 빈소에 가야 한다고 나를 설득했고 나는 가고 싶지 않다고 우겼다. 이모는 각인이라도 시키듯 네 엄마라는 말을 여러 번 했다. 엄마라는 단어는 가슴 한쪽에 살짝 부딪혀 튕겨져 나갔다. 고등학교 이후로는 한 번도 보지 못한 사이였다. 애틋함이나 그리움 따위는 없었다.

엄마는 이모와 달리 여리고 우유부단한 사람이었다. 나를 이모에게 맡겼던 날은 눈이 많이 내리던 겨울이었다. 학교에서 집으로 돌아왔을 때 엄마는 짐을 싸고 있었다. 캐리어에 내 옷을 담은 엄마는 이른 저녁을 준비했다. 해물을 넣은 카레를 만들어 큰 그릇에 가득 담았는데 나는 평소보다 훨씬 많은 양을 먹었다. 식사를 끝낸 후 엄마는 내게 분홍색 코트를 입혔다. 넌 얼굴이 하얀 편이라 어떤 색을 입어도 예쁘구나. 이제 가야겠다. 엄마는 캐리어를 끌며 집을 나섰다. 나는 책가방을 메고 어두운 밤길을 걸었다. 높은 구두를 신고도 엄마는 빙판 길을 빠르게 걸었고 그런 엄마를 놓치지 않으려 꽤 애를 썼다. 길을 가다 미끄러져 넘어진 적도 있었다. 그러면 엄마는 가만히 서서 내가 일어날 때까지 기다렸다. 무릎이 아프고 손바닥이 얼얼했지만 엄마를 오래 기다리게 하고 싶지 않아 부리나케 일어나 뛰어갔다. 그렇게 한참을 걸었다. 엄마가 좁은 골목길 파란 대문 앞에 멈추더니 한숨을 푹 쉬었다. 그리고는 벨을 눌렀다. 녹슨 대문이 열리며 머리를 질끈 묶고 뿔테 안경을 쓴 진자 이모가 밖으로 나왔다. 얘가 연수야, 엄마는 나를 이모 쪽으로 밀었다. 그 사람이 같이 떠나자고 해. 연수까지 데려갈 수는 없을 것 같아. 진자 이모가 안경을 고쳐 썼다. 엄마는 어쩔 수 없다는 듯 나를 바라보더니 눈인사를 하고 왔던 길을 되돌아갔다. 언니, 엄마도 안 보고 갈 거야. 이모가 큰 소리로 엄마를 불렀지만 엄마는 고개만 한 번 돌렸을 뿐 서둘러 골목길을 빠져나갔다. 나는 떠나는 엄마를 쫓아가지도 못하고 눈사람처럼 대문 앞에 서 있었다. 그런 나를 이모는 가만히 바라보았다. 춥지 않아? 이모는 차가운 내 손을 꼭 잡고 대문 안으로 들어갔다.

진자 이모는 영리했고 손재주가 좋은 사람이었다. 하지만 이모 인생은 잘 풀리지 않았다. 간혹 머리숱이 다 빠지고 뼈만 앙상한 이모를 떠올릴 때면 엄마 때문인 것 같아 짜증이 났다. 아니 인생의 걸림돌은 나였을지 모른다. 외할머니를 돌보고, 엄마의 빚을 갚고, 혼자 남은 나를 떠날 수 없었던 이모의 불행은 혈육 때문이었다.

　"엄마도 외할머니 돌아가셨을 때 안 왔어."

　"그게 무슨 상관이니? 이건 네 도리야."

　그렇게 이모는 전화를 끊었다. 전화를 끊자 꽃집 여자가 장례식장에 가야 하는 것이냐고 물었다. 나는 대답하지 않았다. 여자는 마지막 길인데 가는 것이 낫지 않겠느냐고 말했다. 더구나 엄마인데. 여자는 이모와 통화를 듣고 대충의 사연을 짐작하고 있었다.

　"이름만 엄마일 뿐이야. 안 본 지 십 년도 넘었어."

　"나중에 후회하지 말고 가 봐."

　"책임감이라고는 없는 천박한 여자야."

　"다들 그렇게 사는 거 아냐? 천박하거나 외롭게. 보름달이 뜨는 날 다른 세상으로 가게 됐으니 가는 길이 무섭지는 않겠네."

　여자가 무심히 매장에 걸린 옷을 살피며 한마디 했다.

　"빈소가 적막할 것 같아. 늘 주목받고 싶어 했는데 좋은 날을 못 받은 거지."

　여자는 어서 준비해 나가라며 매장을 나섰다. 여자가 나가고 송편을 하나 더 먹었는데 그것이 목에 걸려 내려가지 않았다. 생수를 마시고 가슴을 두드렸지만 체한 듯 소화가 되지 않았다.

　전화를 받지 말 걸 그랬다. 엄마는 외할머니가 돌아가셨다는 수차례 연락에도 오지 않았다. 진자 이모는 처음으로 엄마를 원망했다. 외할머니는 마지막 눈을 감으면서도 엄마를 그리워했다. 운자를 보고 가야지. 안 올 애가 아니지 않니? 외할머니가 돌아가신 지 일 년쯤 후 엄마가 이모를 찾아왔다고 했다. 그 일을 자세히 말하지는 않았지만 이모는 엄마가 할머니를 무척 그리워했고 많이 울었다고 했다. 하지만 나는 엄마가 이모를 찾아왔던 이유를 알고 있었다. 할머니가 남긴 유산 때문이었다. 유산이라고는 낡은 단독 주택뿐이었다. 결국 이모와 나는 살던 집을 떠나야 했다.

이모는 지나간 일은 잊는 것이 상책이며, 될 수 있으면 용서하는 것이 좋은 것이라고 말했다. 가슴에 쌓아두어 봤자 병만 키운다고 했다. 이모의 마른 등과 폭 패인 팔자 주름을 보면 이모도 가슴에 쌓아둔 것이 많을 것이라는 생각이 들었다.

주차장 쪽에서 진자 이모가 뛰어오고 있었다. 이모는 검정 원피스와 스타킹에 검정 구두까지 갖춰 신었다. 그러고 보니 나는 청바지에 분홍색 카디건 차림이었다. 조문에는 어울리지 않는 복장이라는 것을 그때서야 알았다. 매장을 나설 때 마네킹이 입고 있던 옷을 벗겨 입었었다. 겉옷이 필요해 입었는데 색이 아무래도 너무 튀었다.

이모는 숱이 적은 머리를 포니테일로 묶었다. 사실 오래전부터 포니테일은 이모에게 어울리지 않았다. 남의 머리를 만지는 사람이 자신의 스타일에는 전혀 신경을 쓰지 않았다. 몇 번 이모에게 머리 스타일을 바꾸라고 말했지만 이모는 네 스타일이나 신경 쓰라며 듣지 않았다. 이모의 질끈 묶은 머리카락을 볼 때면 나는 이모가 여전히 젊은 시절 어딘가에 머물러 있는 것은 아닌지 궁금했다.

나를 알아보지 못하고 장례식장 안으로 급히 들어가는 이모를 불렀다. 이모는 나를 바라보더니 눈물을 흘렸다. 마스카라가 번져 눈 주위가 까맣게 보였는데 눈물을 흘리며 화장을 했을 이모를 생각하자 웃음이 나왔다. 이모와 엄마는 전혀 다른 사람이었으나 간혹 닮은 부분이 있었다. 공들여 화장한 얼굴을 보자 엄마가 떠올랐다. 왜 늦었는지 묻자 이모는 휴대폰 때문에 다시 집에 갔다 와야 했다고, 많이 기다린 거냐고 물었다. 미안해하던 이모가 내 분홍 카디건을 보더니 눈을 흘기며 한마디 했다. 넌 참, 때와 장소를 가리지 못하고 쯧. 아무래도 너무 튄다 싶어 카디건을 벗었다. 다행히 베이지 톤의 티를 입고 있어 그럭저럭 괜찮은 것 같았다.

"부의금 얼마 해야 돼?"

"적당히 해."

나는 적당히가 대체 얼마인지 알 수 없었지만 지갑에서 만 원짜리 열 장을 꺼내 봉투에 넣었다. 이모는 나를 보며 고개를 갸웃거렸는데 많다는 것인지 적다는 것인지 알 수 없었다.

장례식장은 일층과 이층으로 나누어져 있었다. 일층에는 1호부터 5호까지 빈소가 있었고 이층에는 6호실 하나였다. 이층으로 올라가자 일층보다는 훨씬 넓은 빈소가 보였다. 빈소로 들어가는 입구에는 수십 개의 화환이 있었다. 남편과 아들의 회사나 친목회에서 보낸 화환들이 대부분이었지만 푸른 산악회, 벨리댄스 협회, 소리 음악회 등 엄마의 삶을 고스란히 보여주고 있는 화환들도 보였다. 엄마의 인간관계는 대부분 취미 활동을 통해 이루어졌는데 현재의 남편도 산악회 활동을 통해 알게 되었다고 들었다.

엄마의 영정 사진을 보았다. 사진 속 엄마는 지나치게 웃고 있어 뭐랄까 빈소와 어울리지 않는다는 느낌이 들었다. 환하게 웃는 엄마는 국화와 어우러져 마치 여배우의 프로필 사진처럼 시선을 끌었다. 많고 많은 사진 중 하필 저런 사진을 골랐는지 싶었다. 나는 영정 사진 앞에서 한참 머뭇거렸다. 국화를 올려야 할지 향을 피울지 망설였기 때문이었다. 이모가 먼저 국화를 올리고 묵념을 했다. 나는 이모가 하는 양을 곁눈으로 살피며 따라했다. 묵념을 마친 이모의 눈가가 젖어 있었다. 혈육이란 그런 것인가. 하지만 나는 눈물은커녕 아무 느낌이 없었다. 다만 상주에게 내 신분을 어떻게 이야기해야 할지 고민스러웠다. 묵념을 마치자 상주는 감사하다는 말과 함께 엄마와 어떻게 되는지 묻는 듯했다. 이모는 미소를 지으며 음악회 모임에서 왔다고 했고 상주는 의례적인 고개를 끄덕였다. 이모가 거리낌 없이 거짓말을 하고 있었다. 나는 굳이 그렇게 말할 필요가 있는지 생각했지만 모르는 척 그냥 지나갔다.

우리는 상주가 안내한 자리에 앉았다. 떡이며 과일, 그리고 홍어가 있었다. 이모가 천천히 식사를 하는 동안 나는 소주를 마셨다. 체기가 남아 있어 음식은 먹고 싶지 않았다. 더구나 장례식장에서 제공되는 음식에는 손을 대고 싶지 않았다. 소주를 서너 잔 마시자 취기가 올라왔다. 빈속에 먹어서 그랬는지도 모른다.

"사진을 잘 못 골랐어."

내가 툴툴거리자 이모는 운자 언니다운 사진이라고 말했다. 이모가 식사를 하는 동안 나는 소주를 마시면서 휴대폰을 꺼내 뉴스를 보았다. 명절 고속도로 상황이나 사건 사고들을 훑고 있었다. 어수선한 느낌이 있어 고개를 들어보니 중년 여자 둘이 우리 옆자리에 앉았다. 그녀들은 낮은 목소리로 속삭였는데 이상하게 온 신경이 그쪽으로 집중되었다.

"우울증이 심했잖아. 그게 그렇게 무서운 병이래."

"좀 참지. 이 나이에 사이좋은 부부가 얼마나 되겠어."

나는 정말 엄마가 비극을 완성하고 죽었구나, 하고 생각했다. 이모도 나도 엄마가 심장마비로 죽은 줄 알았다. 나는 빈소에 더 이상 앉아 있고 싶지 않았다. 이모가 먼저 허둥지둥 일어났다. 나도 그녀들의 목소리를 듣고 싶지 않아 부리나케 일어났다. 먼저 나온 이모는 자신이 신고 온 신발을 찾지 못했다. 분명 신발장에 넣어 두었는데 아무리 찾아도 없다고 우는 소리를 했다. 조문객이 많지 않아 신발이 바뀌거나 없어질 리가 없었다. 굽이 뭉뚝한 구두를 찾아 이모 구두가 맞느냐고 묻자 이모가 고개를 가로저었다. 그러더니 금장이 박힌 킬 힐을 신고 나왔다. 이모의 걸음걸이가 위태로웠다.

주차장으로 걸어가는 동안 이모는 대체 무슨 일인지 모르겠다며 깊은 한숨을 쉬었다. 나는 엄마의 생이 여기까지라고 생각했다. 죽음은 누구나 겪는 통과의례 같은 것이었다. 다만 엄마의 죽음이 자살이었다는 것은 의외였다. 왜 엄마는 돌아오지 않았을까. 어쩌면 다시 돌아올 곳이 없었던 것인지도 모른다. 그것은 누구의 탓도 아니었다. 상황이 바뀌었을 뿐이었다. 이모, 생이 길다고 해서 그저 좋은 것은 아니잖아. 괴롭게 살 바에야. 이모는 기가 차다는 표정으로 어쩌면 넌 그러니? 혈육인데, 라며 울먹였다. 엄마가 살아 있을 땐 이모도 귀찮았을 때가 많았을 것이다. 엄마는 자신이 필요할 때만 연락하는 사람

이었다. 사랑의 도피처가 필요했거나 돈이 필요했거나. 지나간 세월
은 잊고 속절없이 눈물을 흘리고 있는 이모를 보자 짠한 마음 대신 부
아가 올랐다.

"괜히 온 거 같아. 쓸데없는 이야기까지 듣게 되고."

"좋은 곳으로 갈 수 있도록 기도해."

"싫어, 공평해야지. 인생이란 게."

"이미 공평해졌어."

죽음으로 모든 것이 용서될 수 있다고 생각하는 것은 착각이었다.
이모는 혼자 있기 싫다며 나를 잡았는데 나는 이모의 손을 완강히 떨
쳐냈다. 이모의 청승을 받아 주고 싶지 않았다. 나는 차라리 잘된 일
이라는 생각이 들었다. 지금은 몰라도 시간이 지나면 이모도 그렇게
생각할 것이다. 외할머니 병수발을 떠맡고 나를 양육하면서도 이모는
불평하지 않았다. 하지만 나는 어렴풋이 알고 있었다. 이모가 떠나고
싶어 했다는 것을 말이다.

"이모, 아직도 남의 물건을 훔치며 사는 거 아니지?"

이모의 눈동자가 흔들렸다. 이모는 잔머리 없이 단정히 묶은 머리
를 쓸어 올리며 나를 바라보았다.

"언제 적 얘길 하는 거니?"

나는 이모의 과거를 기억하고 있었다. 서랍에 쌓인 수많은 지갑을,
몸에 맞지 않는 코트를, 신발장에 가득했던 사이즈가 들쑥날쑥 한 신
발을 말이다. 나는 이모가 다른 사람의 인생을 훔치고 싶은 것이라고
이해했다. 가족에게 자신의 인생을 저당 잡혔듯 이모 자신도 다른 사
람의 인생을 훔치고 싶었을 것이다. 도벽은 떠날 수 없는 이모의 유일

한 탈출구 같은 것이라고 생각했다. 진자 이모가 떠오르면 수많은 지갑과 신발, 가방들이 함께 떠올랐다. 이모는 아무렇지 않게 옛날이야기라고 했다. 이모는 너는 사람 속 긁는 재주는 타고난 것 같다며 대체 누굴 닮은 거냐며 소리를 질렀다. 혈육이잖아. 엄마나 이모를 닮았겠지. 이모는 그래 혈육이지, 이젠 정말 우리 둘만 남았구나. 하며 울상이 되었다. 매몰차고 악착스러웠던 모습은 사라지고 상처 많은 나약한 이모가 되었다.

나는 발이 맞지 않아 헐떡거리는 구두를 신고 휘적휘적 걷는 이모를 보며 불행은 여전히 진행형이라고 생각했다. 등이 굽고 종아리가 앙상한 이모에게 금장이 박힌 킬 힐은 어울리지 않았다. 머줍게 걷는 이모의 뒷모습을 일별하고 택시를 잡아탔다. 피곤했지만 체기 탓인지 술 탓인지 속이 쓰리고 아파 새벽까지 뒤척였다.

백태는 모든 일상을 잠식해 갔다. 매장 안 깊숙이 들어온 박하빛 햇살에도 하얀 김이 서린 거울에도 얼굴이 일그러졌다. 모든 것이 엉망이 돼가는 느낌이었다. 흰 벽에 걸린 옷들도 원목 시계도 삐뚤어져 보였다. 의자를 놓고 여러 차례 손을 보았지만 여전히 한쪽으로 치우쳐 있었다. 물건뿐만이 아니었다. 나는 마치 속이 텅 빈 나무 위에 서 있는 듯 몸의 균형을 잡기가 어려웠고 자주 어지러웠다. 음식을 먹지 못한 탓인 것 같았다. 앉아 있을 때도 오른쪽으로 기울어졌고 걸을 때는 더욱 비스듬하게 비뚤어졌다. 그리고 가슴에서 뜨거운 것이 불쑥불쑥 올라왔는데 그럴 때마다 미열이 났다.

거울을 잘 닦고 입을 크게 벌렸다. 백태는 보기 싫을 만큼 두껍고

넓어졌다. 입안을 살피고 있는데 차임벨 소리와 함께 꽃집 여자가 들어왔다.

"백태는 아직도 그대로야? 살이 너무 빠졌어."

꽃집 여자가 걱정스럽게 물었다. 여자는 곧 작은 쇼핑백을 열어 계피가루와 꿀을 꺼냈다. 이걸 일대일로 섞어 먹으면 구내염에 효과가 좋대. 꿀에 탄 계피는 너무 달았지만 그대로 먹을 만했다. 조금씩 먹을 때마다 입안에서 톡톡 튀는 느낌이 아이스크림이나 사탕을 먹는 것 같았다. 다 먹고 나니 입안이 소독되는 느낌이 들었고 따끔했던 혀가 진정되는 듯했다. 계피를 탄 꿀을 먹고 거울을 보았더니 혀가 갈색이 되었다. 거울을 한참 들여다보고 있는 나에게 여자가 말했다.

"꼭 연수 씨 같네."

"뭐가? 갈색 혀가?"

"뭐랄까. 원래의 색깔을 잃어버리고 다른 것들에 의해 덧씌워지는 거 말이야."

여자는 웃었지만 난 왠지 찜찜했다. 여자와 알고 지낸 시간은 오년이었다. 길면 긴 시간이었지만 그렇다고 여자가 나를 온전히 안다고 할 수 있을지 모르겠다.

"연수 씨는 좋아하는 것을 일부러 숨기고 사는 것 같아서. 매장은 계절에 상관없이 늘 밝은 계열인데 연수 씨는 검정이나 베이지, 회색 이런 옷들만 입잖아. 일부러 칙칙한 색깔만 찾아 입는 것 같아."

그랬던가. 나는 한 번도 색깔에 대해 생각하거나 고민하지 않았다. 물건을 뗄 때 밝은 옷에 손이 갔는데 그런 옷들이 더 잘 팔렸기 때문이었다. 여자의 말처럼 매장 내 옷들은 다양한 원색이었다. 가을 길목에 입는 옷치곤 지나치게 밝았다.

여자가 색깔을 지적하자 뭔지 어리둥절했다. 여자는 나에 대해 더 말하고 싶은 눈치였다. 하지만 나는 이런 자리가 너무 어색했다. 다른 사람과 취향이나 성격 그런 것들에 이야기를 나눈 적이 없었다. 화제를 돌리고 싶었다.

"요즘도 사십구재를 하는 사람이 있어?"

여자가 내 의도를 알겠다는 듯이 살짝 미소 지었다. 여자의 장점이었다.

"우리 아버지 돌아가셨을 때 했어. 평생을 아버지와 악다구니 쓰며 싸웠던 엄마가 아버지가 돌아가시자 제일 슬퍼했어. 자식들은 무덤덤한데 말이야. 그러더니 사십구재를 하겠다는 거지. 엄마가 하겠다는데 어쩔 수 있어? 사십구재가 끝나자마자 엄마는 모든 책임이 끝났다는 듯 아주 홀가분해 보였어. 엄마는 자신 덕에 아버지가 좋은 곳에 가셨을 거라고 자랑하곤 했는데 내 생각에는 아버지보다 엄마에게 더 큰 위로가 된 것 같아. 아버지로부터 온전히 자유로워졌다는 뭐 그런."

여자는 많은 말들을 했는데 나에게는 온전한 자유라는 단어만 깊이 각인되었다. 이야기를 한참 하던 여자가 긴 한숨을 토해내며 자리를 털고 일어났다. 여자는 아무리 손님이 없다지만 꽃집을 지키고 있어야겠다며 웃었다. 여자는 계피와 꿀을 하루 세 번 정도 먹어 보라고 했다. 얼른 나아야지. 무슨 병이든 오래 두면 못써. 여자도 상처가 많은 사람이라는 생각이 들었다. 상처가 있는 사람이라야 다른 사람의 아픔을 볼 수 있을 테니 말이다.

여자가 떠나고 할 일 없던 나는 매장 안에 디스플레이 된 빨간 트

렌치코트를 입어 보았다. 넌 피부가 하얀 편이라 무슨 옷이든 잘 어울려. 엄마의 목소리가 들렸다. 매장에 있는 다른 옷들도 입어 봤는데 갑자기 눈물이 뚝 떨어졌다. 이유도 없이 말이다. 나는 눈물을 흘리며 보라색 베스트와 겨자색 재킷을 입어 보았다. 그리고 장례식장에 갈 때 입고 한쪽 구석에 던져 놓았던 분홍색 카디건을 찾았다. 거울 앞에 선 내 모습은 낯설었지만 색깔 탓인지 혈색이 좋아 보였다. 나는 분홍색 카디건을 입고 가게 문을 닫았다. 진자 이모가 보고 싶어졌다.

문을 열어 준 이모는 잠옷 차림이었다. 미용실에 먼저 들렀는데 '휴가'라는 팻말이 붙어 있었다. 종일 잠을 잤는지 싶었다. 머리를 묶지 않은 모습은 아주 오랜만이었다. 가늘고 숱이 적은 머리카락 때문에 두피가 훤히 드러나 보였다. 이모는 나를 보고도 반기는 기색이 없었다. 설마 장례식장에서 있었던 일 때문에 아직도 기분이 나쁜 걸까. 사과를 하려 했지만 좀처럼 입이 떨어지지 않았다.

우선 부엌에 들어가 쌀을 안쳤다. 그리고 안방에 누워 있는 이모를 힐끔 한 번 쳐다보고 오징어와 새우를 가득 넣어 해물 카레를 만들었다.

"카레는 뭐니?"

"이모 카레 좋아하잖아. 특히 해물카레."

사실 해물카레는 내가 좋아했다. 어렸을 때에는 자주 먹었는데 엄마가 떠난 후 한 번도 먹지 못했다. 이모는 내가? 하는 표정으로 나를 바라보았지만 곧 고개를 끄덕이며 식탁에 앉았다.

수저를 들고 멍하니 앉아 있던 이모가 엄마와의 일을 어렵게 토해 냈다. 운자 언니가 죽기 며칠 전 전화를 했어. 만나고 싶다고 말이야. 근데 어쩐지 불편한 일에 엮일 것 같은 거야. 그래서 바쁘다는 핑계로 나가지 않았어. 사실 그땐 나는 텔레비전을 보고 있었거든. 엄마는 이모에게 죄책감까지 남기고 떠났다. 그 일로 이모는 심한 속앓이를 하고 있었다. 나는 엄마는 자신이 계획한 일은 반드시 실행할 사람이니 이모가 그 당시 엄마를 만났다 하더라도 크게 달라질 일은 없다고 말했다. 그동안 엄마가 이모 속 썩인 것에 비하면 아무것도 아니라며 웃자 이모도 따라 웃었다.

나는 식사를 하자고 재촉했고 이모는 천천히 카레를 먹었다. 나도 혀의 통증을 느끼지 못하고 맛있게 먹었다. 어릴 적 그 맛이었다. 오랜만에 제대로 된 식사를 했다. 식사 후 설거지를 하며 부엌 정리를 했다. 이모에게 쓰지 않는 물건들은 버리라고 했지만 이모는 우선 놔두라고만 했다. 싱크대며 식탁 구석구석을 닦는 나를 보며 이모는 운자 언니랑 많이 닮았어, 라고 했다.

청소를 끝낸 나는 이모를 따라 베란다에 앉았다. 화장기 없는 이모는 나이보다 훨씬 늙어 보였다. 이모 말처럼 이제 혈육은 우리 둘뿐이었다. 이모가 혈육 운운할 때는 듣기 싫었는데 이모마저 곁에 없다면 외로울 것 같기도 했다. 그동안 진짜 이모를 많이 의지하며 살았던 것 같았다.

"이모, 사십구재 그거 해 봐. 이모 말처럼 산 사람에게도 좋다고 하니까."

이모가 고개를 끄덕였다. 연수야, 저 달 좀 봐. 너 처음 우리 집에 왔을 때 생각난다. 언니는 기다리는 남자 때문에 마음이 바빴고, 너는 울음을 참으려 애썼고, 나는 달을 보았어. 우연히 고개를 들어 하늘을 봤는데 달이 너무 크고 하얀 거야. 그때 난 네가 우리 집에 온 것이 좋은 징조라고 생각했어. 그리고 지금까지 살아왔던 세월이 나쁘지만은 않았어. 간혹 언니를 원망할 때도 있었는데 지금 생각해 보니 궁지에 몰린 사람은 언니였던 것 같아. 이모는 파란 대문 앞에서처럼 내 손을 잡았는데 세월을 담은 거칠고 건조한 손이었다. 내 손도 거칠긴 마찬가지였다. 이모와 나는 서로에게 기대어 크고 흰 달을 바라보았다. 달 옆으로 작은 별이 반짝거렸는데 다시 찾아보니 보이지 않았다. 잘못 본 것인지도 모른다. 우리는 추운 줄도 모르고 오래도록 달을 바라보았다.

이모가 붙잡는 바람에 이모와 함께 자기로 했다. 고등학교 졸업 후 한 방에서 자는 것은 처음이었다. 세월이 쓸고 간 이모에게는 마른 몸피와 아픈 상처만이 흔적처럼 남아 있었다. 이모가 혈육에 집착하는 이유를 알 것 같았다.

이부자리를 펴자마자 이모는 곤히 잠들었다. 이모는 혼자만 있던 집에 다른 사람의 기운이 있어 그런지 따뜻하다고 했다. 잠든 이모를 보고 나는 욕실로 들어갔다. 욕실 수납장에서 새 칫솔을 꺼냈다. 입을 크게 벌리고 혀를 살피니 혀는 노란빛이 되어 있었다. 심난한 마음이 들었지만 식욕이 생기는 것으로 보아 좋아질 것 같았다. 잘 먹을 수만 있다면 곧 붉은 혀를 볼 수 있을 것이다. 한 달쯤 지나면 아니 사십구재가 끝나는 즈음엔 모든 것이 다 잘 될 것이다. 아마도 그럴 것이다.

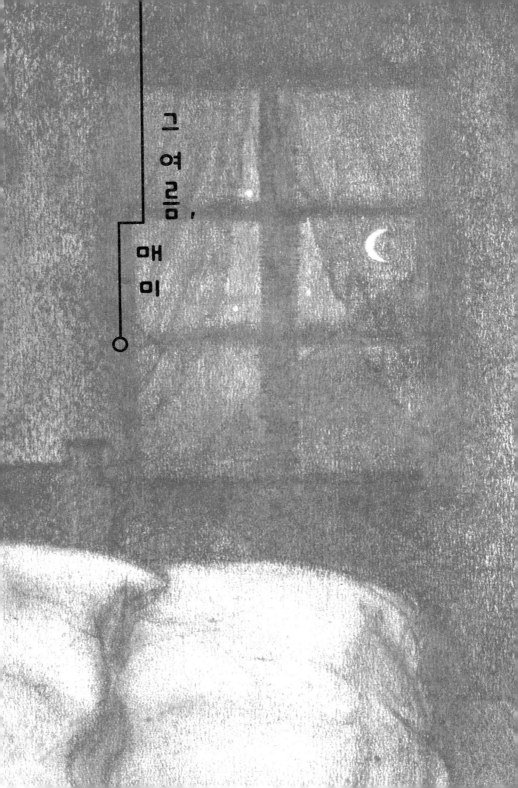

그여름,
매미

매미 울음소리였다. 아니 풍경 소리였다.

상규는 사찰 안 배롱나무 아래에서 기태를 기다리고 있었다. 폭염
으로 숨이 턱, 턱 막혔다. 그는 더위를 피하느라 그늘을 찾아 앉았다.
그늘도 덥긴 마찬가지였다. 바람 한 점 없는 뜨거운 날이었다. 이마
에 흐르는 땀을 닦으며 배롱나무를 바라보는데 문득 풍경 소리가 들
렸다. 조용한 사찰 안에서 은은하게 울리는 풍경 소리는 또 다른 시였
다. 관음, 소리를 본다는 것. 풍경 소리를 듣고 있으니 저절로 관음이
라는 단어가 떠올랐다.

상규는 주변을 두리번거렸다. 풍경 소리는 사찰 넘어 먼 곳, 산 중
간 어디쯤에서 들리는 것 같았다. 작고 고요한, 하지만 분명하게 들리
는 소리였다. 상규는 천천히 일어나 대웅전 쪽으로 걸어갔다. 대웅전
처마 밑에 풍경이 있었다. 바람도 없는데 소리가 들렸다.

날이 더워지면서 상규는 매미 울음소리에 발목이 잡혔다. 처음에
는 그저 몇 마리의 매미였다. 여름이니까 그럴 수 있다고 생각했다.

하지만 폭염과 함께 수백 마리의 매미가 상규의 귀를 어지럽혔다. 매미는 상규의 모든 일상을 방해했다. 그는 여름 내 매미 소리에 저항하고 굴복하기를 반복했다. 매미 울음소리를 쫓으려 음악을 듣기도 했고 텔레비전을 틀어놓기도 했다. 하지만 놈들은 쉽게 그를 놔주지 않았다. 그가 다른 소리에 집착하면 할수록 더 많은 매미들이 찾아왔다. 싸움은 쉽게 끝날 것 같지 않았다.

상규는 풍경을 오래도록 바라보았다. 십 년 동안 살았던 동네였지만 집 근처에 사찰이 있다는 것도 몰랐었다. 사찰은 소음에서 자유로운 곳이었다. 소리에서 놓여나자 뭔지 편안한 느낌이 들었다.

사찰에서 만나자고 했던 것은 기태였다. 이른 아침부터 기태에게 여러 차례 전화가 걸려 왔었다. 상규는 이어폰을 끼고 음악을 듣고 있었던 터라 휴대폰 벨이 울리는 것도 몰랐다. 점심때가 다 돼서야 기태에게 몇 통의 전화와 문자가 왔다는 것을 알았다. 전화를 걸자마자 기태는 다급히 말을 쏟아냈다. 기태는 땅 주인을 설득하는 데 꽤 애를 먹었지만 결국 팔겠다는 답을 얻었다고 했다. 계약이 체결되는 대로 서둘러 공사를 시작할 것이며 위치가 좋아 건물을 짓는다면 상당한 시세 차익을 얻을 수 있다고 했다. 상규는 마음이 급해졌다. 그는 언제쯤 돈을 보내야 하느냐고 물었다. 기태는 자세한 이야기는 만나서 하자며 참치 전문점에서 보자고 했다.

상규는 망설였다. 사람이 많이 모이는 곳에 가는 것이 탐탁지 않았다. 웅성웅성 사람들의 이야기 소리와 달그락달그락거리는 그릇 소리, 종업원을 부르는 탁자의 벨소리, 소리들이 한꺼번에 들리면 상규는 소리가 나는 방향을 감지할 수 없었다. 소리는 하나의 뭉텅이가 되

어 버렸다. *쯔 쯔쯔쯔. 쯔 쯔쯔쯔*. 그것은 수백 마리의 매미 울음소리
와 비슷했다.

상규는 두통 때문에 조용한 곳이 아니면 곤란하다고 했다. 그러자
기태는 형, 아직도 대인 기피증이야, 라며 웃었다. 상규는 기태가 말
을 너무 가볍게 뱉는다고 생각했다. 그렇지만 부러 덤덤하게 말했다.
그저 두통 때문이야.

"그럼 절에서 볼까요?"

"절이라니? 무슨 절을 말하는 거냐?"

"있잖아요. 사찰."

상규는 주저했다. 조용한 곳이 좋기는 했지만 절이라니. 상규는 기
태가 정말 뜬금없는 놈이라고 생각했다.

"그럴 필요는 없다."

"형 집 근처에 있는 영은사에서 봅시다."

"영은사?"

"동네에 사찰이 있다는 것도 몰랐어요? 뭐, 바쁘니까 그럴 수 있
죠."

상규는 기태의 목소리를 통해 그의 표정을 느낄 수 있었다. 바쁘니
까. 그것은 위로도 핑계도 아닌 말이었다. 상규는 자신이 웃음거리가
된 듯한 느낌이었다.

"사찰 안 배롱나무 아래서 봅시다."

"……알았다."

통화를 끝내고도 상규는 한참 동안 손에서 휴대폰을 놓지 못했다.
기태, 정말 많이 달라졌다. 그래, 달라져야지. 사람이지 않는가. 상규

는 나갈 채비를 했다. 그러다 괜한 약속을 한 것 같아 소파에 주저앉았다. 투자만 한다면 돈이 되는 사업이 가능할까 생각했다. 상규가 여러 번 들었던 말이었다. 지금까지의 모든 투자는 실패로 끝났다. 곧 될 것 같다가도 엎어지는 것이 사업이었다. 하지만 이번에는 정말 기회가 될지 모른다. 기태는 땅에 돈을 묻어두면 절대 손해는 아니라고 했다. 맞는 말 같았다. 문제는 돈이었다. 상규는 아버지를 떠올렸다. 지난번 찾았을 때도 돈 이야기는 꺼내지도 못하고 돌아왔었다. 일단 기태에게 자세한 이야기를 들어 봐야 할 것이다. 상규는 신발장을 열어 운동화를 찾아 신었다.

영은사. 작은 사찰이라 그런지 고요했다. 신도들도 보이지 않았고 스님도 없었다. 대웅전과 요사채, 마당 한가운데 배롱나무와 잠시 쉴 수 있는 작은 벤치 하나가 전부였다. 시간과 공간에서 툭 떨어져 나온 듯 모든 것이 신비롭게 느껴졌다. 도심 가까이에 있었지만 적요했고 댓돌과 고무신, 문고리는 시간에서 한없이 자유로웠다. 수돗가에서 한가롭게 낮잠을 자는 고양이는 다른 세계의 생물인 듯 착각이 들게 했다.

"나비야, 나비야."

상규가 부르자 낮잠을 자던 고양이가 게으르게 눈을 뜨고 그를 바라보았다. 그러더니 잠을 이길 수 없다는 듯 긴 하품을 한 후 옆으로 길게 누웠다. 상규는 잠에 빠진 고양이의 등을 여러 차례 쓰다듬었다. 낯선 사람의 손길에도 고양이는 거리낌이 없었다. 고양이의 단잠이 부러웠다.

천천히 걸어 배롱나무 아래 벤치로 걸어가는데 다시 풍경 소리가 들렸다. 상규는 고개를 들어 대웅전 처마 끝 풍경을 보았다. 흔들림 없는 풍경. 상규는 방향을 틀어 대웅전 가까이로 걸어갔다. 좁은 보폭으로 조심스럽게 걸었다. 왠지 그래야 할 것 같았다.

대웅전 계단에 앉아 넋을 놓고 풍경을 바라보았다. 덜컥, 문 열리는 소리와 함께 노스님이 대웅전에서 나왔다. 가지런하고 단정한 모습이었다. 깜짝 놀란 상규를 보더니 스님이 가볍게 미소 지으며 합장을 했다. 상규도 얼떨결에 양손을 가슴에 모은 후 고개를 숙였다. 요사채 쪽으로 걸어가는 스님의 뒷모습을 바라보다 상규가 급히 스님을 불렀다.

"스님, 풍경 소리가 들립니까?"

몸피가 작은 노스님이 맑은 얼굴로 상규에게 미소를 지으며 고개를 끄덕였다.

"바람이 없는데 풍경 소리가 들릴 수 있는 것인가요?"

상규가 거듭 물었다.

"네, 잘 들립니다."

"여기는 매미가 없어서 일까요? 다른 소리가 또렷이 들립니다. 아파트에서는 온통 매미 때문에 다른 소리를 들을 수가 없습니다."

"그런가요? 매미도 살자고 그러는데 어쩌겠습니까. 잠깐 여름 한철이니 그러려니 해야지요."

"매미 때문에 제가 죽을 지경입니다."

"물속의 물고기가 목말라 한다는 말이 있지요."

"네?"

"모든 것이 마음에 있다는 말이겠지요. 거사님, 풍경 소리가 어떻게 들리나요?"

"물소리 같네요. 좁은 시냇물을 급히 흐르는 물소리처럼 들립니다. 스님에게도 그렇게 들립니까?"

스님이 고개를 끄덕이며 웃었다. 그리고 대웅전 처마 끝 풍경을 바라보았다. 상규의 시선도 풍경에 있었다. 풍경을 바라보던 스님이 먼저 가 보겠노라며 합장했다. 상규는 천천히 사라지는 스님의 발소리를 들었다. 마른 몸피라 움직임에 소리가 작았고 정갈한 느낌을 주었다. 사찰 안에서는 소리들이 분명하게 들렸다.

고양이는 여전히 낮잠에 취해 있었다. 고양이를 바라보던 상규도 졸음이 쏟아졌다. 나른함 때문인지 상규는 자신도 모르게 잠에 빠져들었다.

한 시간 남짓 지났을까. 상규는 깜짝 놀라 눈을 떴다. 오후 세 시가 다 되어 있었다. 상규는 단잠에 빠진 자신에게 놀랐다. 자고 일어난 상규는 머쓱했다. 마치 길목에서 잠을 잔 느낌이 들어 창피하기도 했다. 수돗가를 지키고 있던 고양이는 보이지 않았다. 사찰은 여전히 고요했다. 편안한 잠을 잤던 모양인지 머리가 개운해진 것 같았다.

기태는 오지 않았다. 기태에게 여러 차례 전화를 했지만 지금은 통화를 할 수 없다는 안내 멘트만 반복되었다. 두 시쯤에 보자고 했던가. 어쩌면 정확한 시간을 정하지 않았는지도 모른다. 정말 대박이 날까. 상규는 기태에 대해 생각했고 투자 자금에 대해 생각했다. 머릿속이 복잡해졌다.

절을 나와 산 쪽으로 방향을 잡았다. 해가 쨍쨍한데도 산은 서늘한 기운이 돌았다. 바람이 불지 않았지만 시원함을 느꼈고 산에서 나는 박하 향이 후각을 자극했다. 상규는 서 있던 자리에 그대로 누웠다. 햇빛과 바람과 향기가 그를 감쌌다. 머리가 맑아지면서 손에 따뜻한 기운이 돌았다. 그렇게 오래 있었다.

집으로 돌아가는 길에 절에 들러 다시 풍경을 보았다. 여전히 풍경 소리가 들렸다. 이번에는 졸졸졸 시원하게 흐르는 시냇물 소리였다. 집요하고 뜨거운 여름이 다 지난 것 같아 상규는 마음이 편해졌다.

집에 돌아와서도 상규는 사찰에 대해 생각했다. 절이라고는 하지만 도심 한가운데 있는 곳이었다. 문턱 하나 넘었을 뿐이었다. 그런데 그 고요함이라니. 문턱 하나로 이곳과 저곳이 갈리는, 전혀 다른 세상이 될 수 있는 것인가. 상규는 노스님이 말했던 물속의 물고기를 여러 번 중얼거렸다. 그러니까. 그것들이. 노스님의 말을 곱씹어 보는데 식탁에 올려놓았던 휴대폰이 부르르, 부르르 몸을 떨었다. 무시할까 싶었다. 생각이 정리될 때까지 말이다. 휴대폰의 떨림을 한참 바라보던 상규는 결국 휴대폰을 열었다.

휴대폰을 열자 정은과 민재가 웃고 있었다. 정은은 민재와 캐나다 여행을 다녀왔다며 여행지에서 찍은 사진을 보냈다. 민재는 이제 제법 어른 티가 났다. 스물 살이 되었으니 다 컸다는 생각이 들었다.

민재는 피츠버그대학 화학과 1학년이었다. 정은과 민재가 집을 떠난 지 십 년이 되어갔고 그들을 못 본 지 삼 년이 되었다. 딱 일 년만 어학연수를 하겠다고 했었다. 민재는 생각보다 미국 생활 적응이 빨랐고 영어 습득 능력도 남달랐다. 여러 나라 친구들과 사귀고 여유롭게 공부를 했던 민재는 미국에 남고 싶다고 했다. 상규는 자연스럽게 친구들과 영어로 대화하는 민재가 대견했다. 자신의 기대에 따라 성장해 주는 민재가 고마울 따름이었다. 처음 얼마간은 똑똑한 아들 덕분에 우쭐하기도 했다. 하지만 혼자 밥을 먹을 때마다, 청소기를 돌릴 때마다, 우두커니 앉아 텔레비전을 볼 때마다 상규는 생각했다. 뭔지 잘못된 것 같다고 말이다. 민재는 상규에게 늘 고맙다고 말했다. 그럴 때마다 그들 사이에 어색한 침묵이 흘렀다. 민재는 지나치게 상규에게 깍듯했고 상규는 그런 민재에게 할 말이 없었다. 학업과 건강 외에 대화 거리가 없었다. 시간이 갈수록 어색함은 더해갔다. 시차와 이런저런 이유로 자주 연락하지 못했기 때문이기도 했다. 사업이 내리막길을 타면서 상규는 처음으로 민재에게 하고 싶은 말이 생겼다. 이제 그만 돌아오라고 말이다. 민재와 통화를 할 때마다 뇌리에서 맴돌았지만 한 번도 뱉은 적은 없었다. 민재가 무슨 말을 할지 알고 있었기 때문이다. 민재의 삶 전부는 피츠버그에 있었다. 친구도 사랑도 꿈도 희망도 피츠버그에서만 가능했다. 민재는 이제는 한국이 낯설다고 했다. 아빠, 그곳에는 아무것도 없잖아요. 그렇게 말했다.

민재가 대학에 진학했지만 정은은 민재 뒷바라지를 이유로 여전히 미국에 남아 있었다. 정은은 아직은 어쩔 수 없다고 말했지만 정작 왜 돌아올 수 없는지 구체적인 언급은 하지 않았다. 카톡, 카톡. 정은은 수없이 많은 사진들을 끊임없이 보냈다. 비슷비슷해 보이는 사진들을 상규는 천천히 넘겨보았다. 캐나다 1, 캐나다 2, 캐나다 3, 정은은 사진을 분류해 보냈지만 상규는 처음 몇 장만 유심히 보았다. 사진 속 그들은 항상 웃고 있었다. 사진 끝에 정은이 글을 남겼다. 당신 사정 어려운 거 알아. 최대한 아끼고는 있지만 돈이 부족해. 오백 정도는 더 있어야 할 것 같아. 정은이 보내는 카톡 알림 사이로 쯔 쯔쯔쯔 매미가 울기 시작했다. 높고 날카로운 울음소리에 상규는 이마를 찌푸렸다.

매미 울음소리를 처음 들었던 것은 6월 말쯤이었다. 기태에게 여러 차례 투자 제안을 받은 상규는 망설이다 아버지를 찾아갔다. 잘만되면 그동안 빌린 돈을 한 번에 돌려줄 수도 있을 것이라고 생각했다. 덜, 덜 덜, 힘들게 돌아가는 선풍기와 짧은 반바지에 누런 메리야스를 입고 있는 아버지를 보자 상규는 갈증이 났다. 물을 벌컥벌컥 들이 마신 상규가 오랜만에 만난 아버지에게 말했다.

"덥군요."

"여름이잖니."

"다른 해보다 더위가 빨리 왔어요."

상규는 돈 이야기는 꺼내지 못하고 날씨 이야기만 했다. 팔십이 넘은 아버지의 병은 점점 깊어갔다. 당뇨와 고혈압에 이어 폐 기능도 떨어지고 있다고 했다.

"일은 하고 있냐?"

"제가 무슨 일을 해요. 젊은 사람들도 취직이 안 되는 판에 제가 할 수 있는 일이 있겠어요."

"아직도 사업에 미련이 있는 게냐?"

상규는 돈 이야기를 할 때라고 생각했다. 입을 떼려는 순간 어디선가 쯔 쯔쯔쯔, 쯔 쯔쯔쯔 매미 울음소리가 들렸다.

"벌써 매미가 우는군요."

"그렇구나."

"좀 빠른 것 같네요."

"여름이잖니."

결국 돈 이야기는 꺼내지 못했다. 당뇨로 앞이 잘 보이지 않고, 귀가 멀어 보청기를 끼워야 하는, 게다가 틀니의 번거로움 때문에 미숫가루를 주식으로 먹는 아버지 수중에 있는 돈은 오천만 원이었다. 그것은 아버지의 마지막 통장이었다. 상규는 아버지의 굽은 등과 마른 다리를 바라보며 힘들게 발길을 돌렸다. 이건 진짜야, 한 번에 모든 걸 만회할 수 있어. 기태의 목소리가 맴돌았다.


상규는 귀에 달라붙은 매미를 떼 내려는 듯 오른손을 들어 신경질적으로 머리카락을 털어냈다. 그럴수록 소리는 악착같이 상규에게 따라붙었다. 상규는 소리에 집중했다. 날카롭게 우는 소리는 베란다 쪽에서 들려왔다.

베란다 밖으로 플라타너스와 단풍나무가 보였다. 굵은 나뭇가지와 초록의 잎은 왕성한 생명력을 자랑하고 있었다. 저 무성한 잎들 속에 매미가 숨어 있었다. 높은 곳에 숨어 소리로 정체를 알리는 매미.

상규는 집 안의 모든 창을 닫기 시작했다. 거실부터 안방, 서재, 민재 방을 돌며 서둘러 문을 닫았고 열린 창이 없는지 꼼꼼히 확인했다. 쯔 쯔쯔쯔, 쯔 쯔쯔쯔. 매미가 보란 듯이 세차게 울어댔다. 집요하고 끈질긴 울음소리였다.

집 안의 모든 창을 닫자 숨이 턱, 턱 막혔다. 상규는 마른세수를 하며 창틀에 몸을 기댔다. 두통 때문인지 어지럼증 때문인지 앞이 캄캄

했다. 상규는 사찰의 나비를 떠올렸다. 그는 눈을 감고 옆으로 누워 몸을 구부렸다. 두통이 조금씩 가라앉았다.

상규에게 우연찮게 행운이 찾아왔듯 나쁜 일 또한 급작스럽게 일어났다.

대학 졸업 후 상규는 대기업 손해사정인으로 입사했다. 자동차 사고 관련 보험금을 집행하는 업무였다. 사람을 상대하는 일은 생각보다 힘들었다. 더구나 환자들은 공격적이었고 합의는 쉽게 이루어지지 않았다. 겨우 회사 일에 적응해 가고 있을 때 상규는 사촌 형의 제안을 받았다. 서울에서 예식장을 해 보자는 것이었다.

상규의 사촌 형은 야채 장사를 시작으로 식당 주방장을 거쳐 뷔페 식당 사장으로 성장한 입지적인 인물이었다. 그는 사업 수완이 좋기도 했지만 운도 따랐다. 그는 상규에게 예식장 총 책임자 업무를 맡아 달라고 했다. 생각해 보고 말 것도 없었다. 손해사정인은 처음부터 맞지 않는 일이었다. 상규는 과감히 서울로 상경했다. 아침 9시에 출근해 늦은 밤까지 예식장 관리를 맡았고 지역 유지를 찾아 홍보를 했고 은행 관련 업무도 혼자 해결했다. 직원들 관리도 쉽지 않았다. 그들은 상규에게 자주 거짓말을 했다. 상규는 경중을 따져 눈감아 줄 것인지 말 것인지 판단했다. 직원들은 상규를 냉정한 사람이라고 말했고 상규는 직원들이 게으른 데다 의지조차 없다며 혀를 내둘렀다.

상규가 땀과 시간을 투자한 탓에 십 년 동안 전국에 예식장 다섯 곳을 지었다. 두 번째로 지었던 예식장에서 엄청난 수익이 나면서 상규는 돈방석에 올랐다. 상규 혼자 일으킨 사업이었다. 분명 자신이 모든 것을 했다고 상규는 생각했다. 사촌 형은 초기 자본을 투자했을 뿐

예식장 일에 거의 관여하지 않았다.

성공은 그렇게 급작스러웠다. 중학교 때부터 신문을 돌리며 아르바이트를 했던 과거는 금방 잊혔다. 디자인이 좋은 양복을 골랐고 넥타이 색깔도 세심하게 선택했으며 당시에는 드물었던 링컨 컨티넨탈을 몰았다. 아쉬운 부탁을 하는 사람이 늘어났다. 상규는 적당한 선에서 그들의 부탁을 들어주었다. 장사하는 사람은 밑지는 장사는 하지 않는 법이다. 줄 만큼 주고, 받을 만큼 받아야 한다는 것이 그의 생각이었다.

선배나 친구, 지인들과 만나는 자리에서 그는 늘 화제가 되었다. 신문을 돌리며 모텔 청소를 했던, 방학 때면 양식장 아르바이트로 얼굴이 까맣게 탔던 그를 지인들은 어제 일처럼 기억했다. 그럴수록 상규는 자신의 성공에 집착했다. 그럴 수밖에 없었다.

인생의 정점이라고 생각했을 때 느닷없는 일이 생겼다. 그의 사촌형이 상의도 없이 예식장을 정리해 버린 것이다. 예식장을 키운 것은 상규였다. 하지만 그의 의사는 무시되었다.

"이제 더 이상 예식장 사업은 전망이 없어. 결혼하는 사람이 없는데 되겠니? 앞으로는 더 나빠질 거야."

그렇게 실직자가 되었다. 거대하고 아름다운 성이 순식간에 모래로 돌변했다. 상규가 운영했던 예식장은 곧 다른 사람이 인수했고 새단장했다. 그곳을 지날 때마다 상규는 식은땀이 났다. 성이 모래가 되는 시간은 너무 짧았다. 관계가 틀어지는 순간도 찰나였다. 손가락 사이로 모든 것들이 빠져나갔다.

예식장을 그만두었을 때 주변에서 장례식장을 해 보는 것이 어떻겠느냐고 물었다. 어차피 비슷한 일이 아니냐고 했다. 그게 어떻게 비슷한 일인지. 상규는 내키지 않았다. 그는 예식장을 포기할 수 없었다. 사촌 형이 아니더라도 충분히 사업은 가능했다. 십 년 넘게 했던 일이었다. 교통이 편하고 유동 인구가 많은 곳에 땅을 샀고, 예식장을 지었다. 예식장은 새로운 삶이 열리는 곳이었다. 상규는 은은한 조명과 풍성하고 화려한 꽃길, 하얀 웨딩드레스에 숨겨진 은밀함과 깔끔한 슈트의 강인함이 좋았다. 그것은 그가 바라던 인생이었다.

예상과 달리 결과는 좋지 않았다. 한 달에 예식이 한 건도 없을 때도 있었다. 상규가 운영했던 예식장 옆에 장례식장이 들어서면서 상규는 사업을 접었다. 예식장을 접은 후 상규는 직접 사업에 뛰어들지는 않았다. 친구들이나 지인들이 주는 정보를 꼼꼼히 따져 투자했었다. 대부분 외식 사업에 투자했는데 전부 실패했다. 간혹 그때 장례식을 했더라면, 하는 생각이 들기도 했다. 상규는 지난 칠 년 동안 예식장이 장례식장으로 바뀌는 것을 여러 차례 보았다. 환하게 웃으며 미래를 약속했던 젊은 사람들 대신 눈물을 쏟고 향을 피우며 생을 마감하는 사람들이 자리를 차지했다. 세상이 빠르게 바뀌고 있었다.

불면의 밤은 지속되었고 여름이 끝날 기미도 보이지 않았다. 잠을 자지 못하면서 상규는 많은 생각을 하게 되었다. 문제는 생각을 하면 할수록 머리가 복잡해졌고, 생각들이 엉키기 시작한다는 것이었다. 생각이 엉키기 시작하면 어디선가 매미 떼가 득달같이 달려들었다. 놈들은 상규의 생각을 지배하고 싶어 했다. 매미 때문에 상규는 더 쉽게 피로해졌다. 아무것도 할 수 없었기 때문에 상규는 밤새 매미의 울음소리를 들을 수밖에 없었다.

모든 것이 매미 때문이라는 생각이 들었다. 결국 상규는 매미를 없애기로 결심했다. 전부를 없애기는 불가능할 것이다. 하지만 개체 수를 줄이면 소리는 낮아질 것이다.

상규는 밤이 되면 검정 비닐에 목장갑과 나무 톱을 들고 집을 빠져나갔다. 우선 베란다 앞에 버티고 있는 단풍나무 가지를 베야겠다고 생각했다. 조심스럽게 나무를 타고 올라갔다. 손에 닿는 나뭇가지부터 톱질을 시작했다. 엉성한 자세 때문에 허리가 아팠지만 상규는 잘 참아냈다. 무성한 잎들 사이에 교묘하게 매미가 몸을 숨기고 있었다. 가지를 잘라낸다면 그들은 거처를 잃을 것이다.

쓱쓱 싹싹, 쓱쓱 싹싹.

고요한 밤 톱질 소리는 깊고 크게 울렸다. 심장이 뛰었다. 하지만 톱질이 지속될수록 편안한 기분이 들었다. 톱질이 시작되면 매미가 울지 않았다. 희한한 일이었다. 매미는 상규의 등장을 늘 미리 눈치채고 있었다. 하지만 상규에게는 누구 못지않은 인내심이 있었다. 결국 매미는 자신의 손에 사라질 것이라고 확신했다.

작업은 며칠째 계속되었다. 밤이 되면 조심조심 톱질을 했고 해가 뜨면 매미 위치를 확인하느라 분주했다. 오랜만에 느끼는 희열이었다. 톱질을 하는 동안 매미의 울음소리를 듣지 않을 수 있다는 것만으로도 기분이 좋았다. 매미는 겁을 먹고 있었다. 물론 톱질이 끝나 발길을 돌리면 매미는 귀신같이 상규 등 뒤로 따라붙었다. 숨이 턱 막힐 정도로 달렸지만 놈들은 끈질겼다.

아파트 내 나무가 훼손되는 일이 발생하고 있습니다. CCTV를 통해 범인을 특정하고 있습니다. 혹시 나무를 훼손하는 것을 목격하신

분은 관리실에 연락 바랍니다.

상규는 관리사무소 직인이 찍힌 안내문을 자세히 들여다보았다. 어떻게 알았을까? 잎이 무성했기 때문에 나뭇가지가 훼손되어도 잘 보이지 않을 것이라고 생각했다. 너무 방심했던 건가. 안내문을 보면서 상규는 톱질을 당분간 쉬기로 했다. 상규는 자신이 선량한 사람이라고 생각했다. 다만 자세한 내막을 모르는 사람들은 자신의 행동을 비난할지도 모르겠다는 생각이 들었다. 조금 참아 보기로 했다. 중복이 지났다.

상규는 나뭇가지 상태를 확인하고 싶었다. 집 안에서만 슬쩍슬쩍 보았었다. 밤에는 괜찮았지만 밝은 시간에는 단풍나무를 마주 대할 수가 없었다. 그는 주변을 살핀 후 조심스럽게 단풍나무 앞에 섰다. 굵은 상처가 난 단풍 나뭇가지를 뚫어지게 들여다보았다. 톱질 흔적은 자세히 보지 않는다면 눈에 띄지 않았다.

"누군지 모르지만 왜 나무에게 화풀이를 하는 건지 모르겠어요."

깜짝 놀라 뒤돌아보니 아파트 경비원이었다. 그는 학교에서 역사 선생을 하다 퇴임했다고 했다. 작은 키에 적당한 체구의 그는 늘 웃는 얼굴로 먼저 인사했다. 집에 있는 시간이 많았던 상규는 그를 만나는 것이 거북스러울 때가 많았다. 일부러 못 본 척 지나칠 때도 있었다.

"곧 잡힐 겁니다. CCTV를 확인하고 있거든요."

"아마 매미 때문이겠죠."

"매미라니요?"

"종일 울어대는 매미 때문에, 특히 밤이 되면 더 울어대잖아요."

"매미 떼가 있긴 하지만 생활을 방해할 정도는 아니잖아요. 칠 년을 성충으로 살다 겨우 이 주 정도 살다 가는데 그 정도 울음소리는 참아 줘야죠."

"너무 시끄럽게 울어대서."

"그래 봤자 잠깐이잖아요. 매미의 강렬한 울음소리를 들어 보세요. 꼭 자신의 죽음을 알고 있는 것 같지 않습니까?"

상규는 할 말이 많았다. 하지만 경비원의 표정을 보며 더 이상 이야기를 할 필요가 없다고 생각했다. 경비원은 여러 번 말했다. 칠 년을 땅속에서 살잖아요. 겨우겨우 목숨을 부지했는데 그 정도 몸부림은 해야죠. 상규는 그럴 수도 있겠다 싶은 생각이 들기도 했다. 칠 년, 어둠 속에서 칠 년을 버틴다는 것은 쉬운 일이 아닐 것이다.

톱질이 멈추자 기세등등해진 매미가 기다렸다는 듯이 날카롭게 울어댔다. 밤만 되면 수백 마리의 매미가 상규의 귓전에 몰려들었다. 쓱 싹 쓱싹. 상규는 톱질하는 상상을 했다. 상규는 나무 톱을 드는 대신 베란다를 비롯해 집 안에 있는 모든 창문을 닫았다. 쯔 쯔쯔쯔, 쯔 쯔 쯔쯔, 매미 울음소리인 줄 알았는데 휴대폰이 울리는 소리였다. 정은 이었다.

"지난번 말했던 거 있잖아. 빨리 보내 줄 수 없을까?"

"……."

"여기서 일자리를 찾고 있어. 쉽지 않아."

"당신은 언제 들어올 거야? 이제 민재 혼자 지낼 수 있잖아."

"아직은 어린 애인걸."

"언제까지 어린 애 타령이야. 들어오면 일자리가 있겠지. 영어도 잘 못하는 당신이 거기서 무슨 일자리를 구해."

상규의 목소리가 높아졌다. 상규가 버럭 화를 내자 정은은 침묵했다. 곧 견딜 수 없는 적막이 상규를 집어 삼켰다.

"미안해, 매미 때문에 신경이 날카로워졌어."

"여름이잖아."

"지금 보낼게. 당장은 해결되겠지만 앞으로가 걱정이야."

상규는 정은에게 민재를 설득해 보면 어떻겠느냐고 했다. 앞으로도 사 년이 남았다. 사 년 동안 일 년에 몇 천씩 보내는 것은 불가능했다.

"지금 가면 십 년의 노력이 허사가 돼. 나도 어떻게든 일자리를 구해 볼게."

정은이 먼저 전화를 끊었다. 상규는 머릿속이 복잡해졌다. 생각이 많아지자 어지럼증이 일었다. 그래, 생각을 말자. 출구가 없지 않은가. 어지럼증이 가라앉자 급작스럽게 허기가 찾아왔다. 상규는 술을 사기 위해 집을 나섰다.

마트 가는 길에 단풍나무를 보았다. 조명을 받은 나무는 보란 듯이 건강하게 살아 있었다. 가벼운 상처 따위는 아무것도 아니라는 듯이 말이다. 상규는 나뭇가지 대신 나무 기둥에 손을 대 보았다. 그리고 톱질을 흉내 냈다. 쓱쓱 싹싹. 쓱싹 쓱싹. 속도가 빨라졌다. 곧 매미 울음소리가 들리지 않았다. 상규는 어깨를 들썩이며 큰 소리로 웃었다. 별거 아니라는 생각이 들었다.

빈속에 술을 마셔서인지 취기가 빨리 올랐다. 술을 마시자 의욕이 솟구쳤다. 다시 시작하면 잘 할 수 있을 것 같았다. 오십이라는 나이는 삶을 멈추기에는 이른 나이었다. 더구나 민재가 있었다. 앞날이 창창한 민재를 위해서라도 뭐든 해야 할 것 같았다.

상규는 기태에게 문자를 넣었다. 일이 잘 진행되고 있는지 문자를 보내자 기태는 투자 자금을 이달 내 입금해야 한다고 했다. 결국 손 벌릴 사람은 늙은 아버지뿐이었다. 일이 잘만 되면 아버지도 좋을 것이다. 상규는 아버지에게 어떻게 말을 꺼내야 할지 고민했다.

고심하며 마지막 막걸리 병마개를 돌리는 순간 탁, 하는 소리와 함께 부엌 등이 나갔다. 상규는 잠시 멈칫했다. 그리고 거실 등을 켜기 위해 벽을 더듬어 겨우 스위치를 눌렀지만 여전히 주위는 어두웠다. 정전인가?

상규는 천천히 베란다 쪽으로 걸음을 옮겼다. 다른 곳도 정전이 되었는지 궁금했다. 상규의 시야에 아무것도 들어오지 않았다. 쯔 쯔쯔 쯔 쯔 쯔쯔쯔. 매미가 울기 시작했다. 상규는 베란다 방충망에 붙어 있는 수많은 매미 떼를 보았다. 그는 휘청거렸다. 그리고 주먹으로 힘껏 방충망을 때리기 시작했다. 곧 방충망에 구멍이 생겼다. 그 사이로 매미 떼가 상규에게 달려들었다.

상규는 맨발로 뛰쳐나갔다. 그리고 단풍나무를 발로 차기 시작했다. 텅, 텅, 텅. 단풍나무에 숨어 있던 매미들이 쏟아졌다. 수없이 떨어져 내리는 매미를 바라보며 상규는 이제 다 끝났다고 생각했다. 매미는 더 이상 울지 못할 것이라고 말이다.

상규의 몸부림에 아파트 안이 소란스러워지기 시작했다. 베란다 창이 열리는 소리와 웅성웅성 사람들의 목소리가 들렸다. 정말 매미 떼들인가. 상규가 잠시 단풍나무를 바라보는 순간 누군가 그의 허리를 붙잡았다. 밤이 늦었지 않습니까? 여기저기서 난리입니다. 경비원이었다. 그의 손에 끌려가면서도 상규는 단풍나무에서 떨어져 내린 것들이 매미인지 확인하고 싶었다. 곧 쯔 쯔쯔쯔 쯔 쯔쯔쯔, 매미 떼가 다시 울기 시작했다.

숙취 때문인지 상규는 쉽게 눈을 뜰 수 없었다. 술, 단풍나무와 경비원 그리고 매미, 많은 것들이 한꺼번에 떠올랐다. 정전이 먼저 되었고 매미가 방충망을 통해 집 안으로 들어왔었다. 그리고 그 다음은……

상규는 구멍이 난 베란다 방충망을 손으로 여러 번 만져 보았다. 정신이 나는 대로 경비실에 들러 봐야겠다고 생각했다.

샤워를 마친 상규는 해장으로 라면을 끓였다. 김치도 없이 라면을 먹고 있는데 정은에게 전화가 왔다. 정은의 목소리를 듣고서야 상규는 자신이 돈을 입금하지 않았다는 것을 알았다. 전화를 하고도 정은은 한참 동안 용건을 말하지 않았다. 상규도 먼저 돈 이야기를 꺼내지 못했다. 정은이 건조한 목소리로 물었다.

"매미는 아직도야?"

"여전해. 죽을 지경이야."

"당신 목소리가 너무 커, 소리 좀 줄여."

"매미 때문에……. 일부러 큰 소리로 이야기하는 거야."

"지금도?"

"들어 봐, 얼마나 크게 울어 대는지."

상규는 베란다 창을 열고 휴대전화를 단풍나무 쪽으로 댔다. 쯔 쯔쯔쯔, 쯔 쯔쯔쯔. 매미 울음소리를 듣던 정은이 말했다.

"혹시 귀에 문제 생긴 거는 아닐까. 염증이나 그런 거."

"당신에게는 매미 울음소리가 안 들리는 거야?"

"미국이니까. 통화음이 안 좋을 수도 있고. 일단 병원을 가 봐."

그렇게 한참을 매미 이야기를 듣던 정은이 용건도 말하지 않고 먼저 전화를 끊었다.

정은과 통화를 마친 상규는 외출 준비를 했다. 정은에게 돈을 입금해야 했다. 상규는 펀드를 해지하기로 했다. 펀드는 원금에서 십 프로 넘게 마이너스였다. 더 놔둔다면 회복될지도 모른다. 하지만 당장 돈이 급했다.

아파트 출입문을 나선 상규는 조심스럽게 단풍나무 쪽으로 걸어갔다. 쯔 쯔쯔쯔, 쯔 쯔쯔쯔. 지난밤 수없이 떨어졌던 것은 매미가 아니었다. 나뭇잎이었다. 단풍나무 가까이 선 상규는 숨어 있는 매미를 찾아보았다. 소리는 들리는데 녀석들은 보이지 않았다. 매미 탓이 아닐지도 모른다. 발길을 돌리려는 순간 상규는 겁도 없이 나무 기둥에 꼼짝 않고 앉아 있는 매미를 보았다. 매미는 박제된 것처럼 숨을 죽이고 있었다. 상규는 숨을 들이마신 후 천천히 손을 뻗었다. 매미를 잡았다고 생각한 순간 매미는 맥없이 땅바닥으로 떨어졌다. 그것은 매미 허물이었다. 칠 년이라고 했던가. 칠 년을 버텨내야 허물을 벗고 금빛 매미가 된다고 했었다. 느린 시간이었다. 답답함을 견디고 어둠을 참아내야 매미가 되어 울 수 있는 것이다. 매미는 두려웠을지도 모른다. 그래서 더욱 자신의 존재를 증명하고 싶었을지도 모른다. 살아 있음을 증명하기 위해 존재를 잊지 않기 위해 그렇게 울었던 걸까. 상규는 매미 허물을 주머니 속에 넣었다.

늦은 퇴근을 하던 경비원이 상규를 보며 알은체를 했다. 상규는 마침 경비실을 찾아가는 길이었다며 어제의 일을 사과했다. 경비원이 말없이 고개를 끄덕였다. 더 무슨 말을 해야 할지 몰라 머뭇대던 상규가 정전에 대해 물었다.

"어젯밤 정전이 되지 않았나요?"

"정전은 없었어요. 과음을 하셨던데 착각하신 것 같아요."

결국 술 때문인가. 상규는 말없이 고개를 끄덕였다. 상규는 어젯밤 있었던 일을 다시 떠올렸다. 막걸리 뚜껑을 따는 순간 탁, 하고 분명 불이 나갔다. 넋이 나간 듯 천천히 뒤돌아서는 상규를 경비원이 불렀다. 그는 말을 꺼내기 전 여러 번 헛기침을 했다.

"저, 우리 아파트에는 매미가 많지 않습니다. 걱정하지 않으셔도 됩니다. 그러니까 매미 때문에 너무 과한 걱정이나 행동은 하지 않으셔도 된다는 말입니다."

네? 다시 묻고 싶었다. 매미가 울지 않느냐고, 그것들이 일상을 방해하고 있지 않느냐고 묻고 싶었다. 그러다 상규는 그의 말을 다시 더 들었다. 그는 알고 있었다. 나무가 훼손되는 이유를 말이다. 상규는 고개를 여러 차례 끄덕이며 서둘러 자리를 떠났다.

정은에게 돈을 보내고 나니 상규는 더 막막해졌다. 잘한 일인가 싶었다. 돌아올 수밖에 없다면 지금이라도 그만두는 것이 낫지 않을까. 상규는 오래전 자신에게 온 행운은 행운이 아닐지도 모른다는 생각이 들었다. 좋았던 시절에는 모든 일들이 순조로웠다. 행운이 불행으로 바뀌는 순간은 찰나였다. 어쩌면 애초에 상규에게 행운은 없었을지도 모른다.

신호등을 건너고 육교를 올라가고 상가를 지나쳤다. 상규는 무작정 앞만 보고 걸었다. 다른 사람이 멈출 땐 같이 멈췄고 남들이 걸을 땐 자신도 걸었다. 걷다 보니 이비인후과가 눈에 들어왔다. 소리 이비인후과. 상규는 망설였다. 병원 건물에 들어서려는데 휴대전화 벨이 울렸다. 아버지였다.

"어젯밤에 전화를 했더구나. 잠을 자느라 받지 못했구나. 무슨 일이 있는 게냐?"

상규는 깊은 한숨을 쉬었다. 술에 취해 아버지에게도 전화를 했던 모양이었다. 통화가 되지 않아서 다행이라는 생각이 들었다.

"별일 없이 그냥 한 겁니다."

"내가 도울 일이 있는 게냐?"

오천만 원은 늙고 병약한 아버지에게 꼭 필요한 돈이었다. 당신의 노후자금이기도 했다. 상규는 돈을 불려준다는 핑계로 몇 차례 아버지의 돈을 가져갔다. 약속을 지킨 적은 한 번도 없었다. 늘 사정이 여의치 않았다. 이번에도 그렇게 되지 않으란 법은 없다. 기태가 아무리 호언장담해도 세상일은 모르지 않는가. 상규는 조만간 들르겠다면서 서둘러 전화를 끊었다.

상규는 주머니 속 매미 허물을 조심스럽게 만져 보았다. 병원은 가지 않기로 했다. 아버지와 통화하면서 자연스럽게 큰길로 나왔고 통화를 끝내고 보니 병원에서 멀어졌다. 꼭 지금 가야 할 필요는 없지 않은가. 상규는 여름이 끝날 때까지 기다려 보자는 생각이 들었다. 말복이 지나고 있었다.

대단지 아파트를 지나 산책로로 들어섰다. 산책로로 들어서자 사방이 고요했다. 소나무가 있었고 편백나무가 있었다. 집에서 보았던 나무는 위협적이었다. 하지만 산책로의 나무들은 다만 푸르렀다. 매미가 있는지 자꾸 나무를 올려다보게 되었다. 빽빽한 나무들이 상규를 에워쌌다. 매미 울음소리는 들리지 않았다.

사찰에 들어서자마자 상규는 노스님을 찾았다. 묻고 싶은 말이 있었다. 스님, 스님, 대답이 없었다. 사찰은 여전히 고요했다. 상규는 배롱나무 아래 벤치에 앉아 풍경을 바라보았다. 소리가 들리는지 귀를 기울였다. 눈을 감고 있는데 배롱나무 꽃잎이 상규 어깨에 툭 떨어졌다. 바람도 없는데 말이다.

"저를 찾으셨나요?"

노스님이었다. 스님은 상규를 기억하고 있었다.

"스님, 그날 분명 풍경 소리를 들으셨지요?"

"들었지요."

"그런데 말입니다. 집에서는 다른 소리를 들을 수가 없습니다. 여름 내 매미 소리에 발목이 잡혀 있습니다."

"소리에 너무 집착하지 마세요. 매미 소리를 기억하느라 다른 소리가 들어올 틈이 없는 것입니다."

스님이 배롱나무 주변을 조심스럽게 걸었다. 가벼운 몸피, 조심스러운 걸음에도 꽃잎이 떨어졌다. 바람 때문이 아니라면 떨어질 때가 되어서 떨어지는 것인지도 모른다. 상규는 풍경과 꽃잎과 그리고 바람에 대해 생각했다.

"보고 느끼는 것이 전부입니다. 생각이 많으면 걱정거리만 늘 뿐이지요."

노스님이 뒷짐을 지며 천천히 법당 쪽으로 걸었다.

"스님."

상규는 죄송스럽다는 생각이 들었지만 큰 소리로 스님을 다시 불렀다.

"정전이 되었던 것 같습니다. 그런데 저만 느꼈어요. 다른 사람들은 정전이 되었는지도 모릅니다."

"정전이 되었던 모양이지요."

"그럴까요?"

"네, 그렇습니다. 정전이 되었을 겁니다."

바람이 없어도 풍경 소리가 들릴 수 있고 꽃잎이 떨어질 수도 있다. 상규는 지난번 들었던 풍경 소리에 대해 생각했다. 시냇물 소리였다. 작은 골짜기를 다급하게 흐르는 물소리였다. 그리고 은은하고 부드러운 시냇물 소리도 들었었다. 지금은 어떤 소리인가. 새소리 같았다. 그러다 상규는 시냇물 소리이든 새소리든 무슨 상관인가 싶은 생각이 들었다. 별 의미가 없었다.

갑작스럽게 휴대폰 벨소리가 요란하게 들렸다. 적막한 곳에 벨소리가 너무 커 깜짝 놀랐다. 상규는 소리를 찾아 한참을 두리번거렸다. 벨소리는 자신의 것이었다. 상규는 서둘러 휴대폰 통화를 눌렀다. 기태였다. 형, 돈은 준비 됐어요? 기태의 목소리가 사찰에 울렸다. 상규는 통화를 할 수 있을지 고민했다. 그렇잖아도 정은은 말했다. 목소리를 줄이라고 말이다. 상규는 사찰에 울릴 자신의 목소리가 조심스러웠다. 다른 것들에 방해가 될까 걱정스럽기도 했다. 그는 조용히 휴대폰 통화 종료 버튼을 눌렀다. 중요한 일이 아니었다. 기태의 다급한 목소리에도 상규는 오히려 차분해졌다.

툭 털어버리고 나니 소리가 아닌 하늘이 보였다. 구름 한 점 없는 하늘이었다. 쨍쨍한 햇빛을 바라보며 두 눈을 부릅떴다. 하지만 어느새 눈이 감기기 시작했다.

멀리 아득하게 소리가 들렸다. 풍경 소리인가 했더니 그것은 아닌 것 같았다. 그것은 바람 소리였다. 바람은 상규의 머리카락과 이마와 가슴을 스쳐 지나갔고 곧 배롱나무 잎들이 흔들렸다. 곧 은은한 풍경 소리. 잠에 빠져들면서 상규는 생각했다. 매미가 갈 때가 되었다고 말이다.

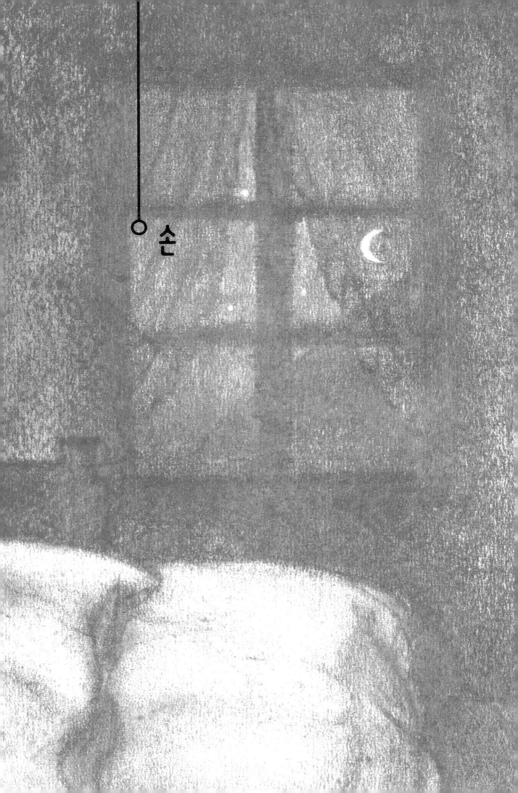

손

카톡 알림 소리에 무심코 휴대폰을 들었는데 부고장이었다. 덕희?
나는 한참이나 기억을 더듬었다. 그리고 무슨 상황인지 싶어 멀뚱히
휴대폰을 바라보기만 했다. 잠시 헤아리니 무슨 상황이랄 것도 없었
다. 오랫동안 연락하지 않았던 고등학교 동창인 덕희에게 카톡이 왔
고, 그것이 그녀 아버지의 부고장이라는 것이었다. 덕희라는 이름이
낯설었던 까닭은 덕희야, 라고 부르지 못한 시간이 길었던 때문이었
고, 부고장이라는 단어가 걸렸던 것은 인간관계가 거의 없는 내가 모
르는 사람의 죽음을 카톡으로 처음 접한 때문이었다. 굳이 뭔가 특별
한 점을 찾자면 두 사람 다 휴대전화 번호가 바뀌지 않았다는 것이다.
그랬다. 나는 덕희의 연락처를 알고 있었다. 그럼에도 불구하고 덕희
의 존재를 완전히 망각했다. 덕희도 마찬가지겠지. 해가 바뀌거나 명
절이나 크리스마스와 같은 날에도 서로에게 의례적인 카드조차 보내
지 않았으니 말이다.

덕희, 오랜만에 그녀의 이름을 불러 보았다. 덕희와 나는 한때는

죽고 못 사는 사이었다. 고등학교 3년 내내 도시락을 같이 먹었고, 둘 다 가수 이선희를 좋아했으며 석식 시간에는 크림이 잔뜩 든 보름달을 즐겨 먹었다. 우리가 어떻게 멀어졌던가. 비밀 때문이었나. 너무 오래돼 기억나지 않았다. 모든 시간은 지나갔다. 시간은 사건의 경중과 상관없이 지난 일을 비슷한 무게로 희석시키는 능력이 있다. 그러니까 과거의 일 따위는 중요하지 않다. 당장 고민해야 할 일은 참석 여부였다. 부고장엔 부의금을 넣을 계좌도 보이지 않았다. 멀어진 세월을 생각하면 모르는 척 지나가도 될 것 같았지만 왠지 찝찝한 기분이 들었다. 갑자기 부고장을 보낸 덕희에게 원망스러운 마음까지 들었다. 어쩌면 덕희도 모르고 보낸 것은 아닐까. 경황이 없어 휴대폰에 저장된 모든 이들에게 부고장을 날렸을 수도 있다.

나는 깊은 잠에 빠진 아버지를 물끄러미 바라보았다. 부고장에 적힐 김재길이라는 이름을 떠올리다 곧 고개를 저었다. 잠에 빠진 아버지의 입꼬리가 살짝 올라가는 듯 보인다. 좋은 꿈이라도 꾸는 건가. 돌아가신 할머니는 좋은 꿈을 꾸고 나면 오히려 심란한 마음이 든다고 했다. 꿈에서 신명 나게 놀다 보면 눈을 뜨고 싶지 않다며 그러다 다른 세상으로 가는 것 아니겠냐며 한숨을 토해냈다. 아버지도 눈을 뜨고 싶지 않을 만큼 기분이 들썩이는 꿈을 꾸고 있는지 모른다.

아버지는 입원 후 이틀 만에 완전히 잠에 빠졌다. 입원 당일만 해도 죽으러 가는 길이 뭐 이렇게 절차가 복잡하냐고 화를 내던 아버지는 다음 날엔 천국 운운하며 죽을 데를 잘 찾아온 것 같다고 허허 웃었다.

"여기가 천국이다. 손 하나 까닥 안 해도 되더라. 가만히 누워 말만 하면 여사님이 전부 해 주거든. 아주 호강하고 있어."

천국이라니. 진담인지 농담인지 아버지는 천국이라는 말을 여러 번 했다. 화장실 한 번 마음대로 가지 못하는 곳이 천국일 리 없다. 입원 절차가 끝나고 병실에 들어가자 병실 간병을 맡고 있던 여사님은 내가 가져간 물품을 살피더니 기저귀는 왜 없는지 물었다. 아버지는 한 번도 기저귀를 사용한 적이 없다. 새벽에도 소변통을 사용하지 않았다. 땀을 삘삘 흘리면서도 의료용 보행 보조기에 의지해 화장실을 다녔다. 집에서는 화장실에 다녔다고 말하니 여사님은 고개를 끄덕이면서 환자의 안전을 위해서라도 기저귀를 쓰는 것이 나을 것이라고 충고했다. 그래도……. 내가 대꾸하려 하자 여사님은 당장은 아니더라도 곧 필요하게 될 것이라며 목소리를 높였다. 남의 손을 빌리는 일은 쉬운 일이 아니었다. 그런데 천국이라니. 어쩌면 통증이 사라진 탓인지도 모른다. 의사 말처럼 아버지를 시도 때도 없이 괴롭히던 통증에서 해방된 것인가. 젊은 의사는 호스피스 병원의 목적은 환자가 편안히 생을 마감할 수 있도록 돕는 것이라고 했다. 환자에게 필요하다면 무제한으로 마약성 진통제를 사용할 수 있어 고통은 없으리라고 말이다. 통증만 없다면야 아무려나 상관없다고 생각했다. 하지만 아버지는 통증만 잊은 것이 아니었다. 먹는 것도 말하는 것도 아주 잊어버렸다. 아버지가 기억할 수 있는 천국은 단 이틀뿐이었던 것이다.

"바쁜 일이 있는갑네. 여기는 걱정허덜 말고 싸게 가 보소이."

"친구 아버님이 돌아가셨대요."

"그라믄 가 봐야제. 경사는 몰라도 애사는 챙겨야 사람의 도리제."

여사님은 뻣뻣한 첫인상과는 달리 정이 많은 사람이었다. 특히 아버지의 고향이 함평이라고 말하자 오메, 이런 인연이 다 있네, 나도

고향이 거기여. 동향 사람을 만났구만이. 반색하며 이런저런 사정을
물었다. 하지만 여사님의 질문에 내가 대답할 수 있는 것은 없었다.
함평은 아버지의 고향이지 내 고향은 아니었으니까. 전혀 모르는 곳
이라고 해도 될 만큼 함평은 내게는 아주 낯선 곳이었다. 나는 부고장
이 이십 년 넘게 왕래가 없는 친구에게서 왔다는 말은 하지 않았다.
그렇다 한들 여사님의 대답은 아주 명쾌할 것이기 때문이다. 몰랐으
면 모르제만 알고 있는디 어찌 안 가겠는가이.

　나는 망설이다 덕희에게 문자를 보냈다. 오랜만이구나. 사정이 있
어 장례식장에는 갈 수 없을 거 같아. 못 가더라도 부의는 하고 싶어.
계좌번호를 알 수 있을까. 문자를 넣기 무섭게 부르르 휴대폰이 울렸
다. 덕희였다. 나는 서둘러 병실에서 빠져나왔다. 그녀는 오랜만에 보
낸 문자가 부고장이라 미안하기 그지없다고 했다. 보낼까 말까 망설
였지만 이럴 때가 아니면 언제 볼까 싶어 문자를 넣었다고. 마지막으
로 덕희는 오늘 밤 해리도 오겠다고 했으니 함께 보면 좋겠다며 너도
올 거지? 묻고는 대답도 듣지 않고 끊었다.

　해리가 광주에 있었나? 해리는 고등학교 시절 내내 반짝거린 친구
였다. 그녀를 통해 나도 빛나는 고등학교 시절을 보냈다. 빛나는 시절
이었다고는 할 수 없겠다. 해리가 빛났지. 해리라는 독특한 이름처럼
그녀는 나뿐 아니라 여고 시절 누구에게나 특별한 사람으로 기억되고
있을 것이다.

　'서해리'라는 이름부터 시선을 끌었다. 희정이나 수정과 같은 '정'자
돌림이나 현주나 은주 같은 '주'자 돌림이 많던 시절이었다. 외모나 성
적이 이름 따라가는 것은 아니었지만 사춘기 시절 우린 이름에도 아

주 민감했다.

해리라는 이름은 왠지 부모가 외국물 좀 먹은 사람일 것 같은 느낌을 주었다. 부모가 외국 생활을 하지는 않았지만 그녀의 부모는 글로벌 환경이 조성될 것이라는 미래를 예측해 이름을 지었다고 들었다. 외국인들도 쉽게 발음할 수 있는 이름으로 골랐다는 것이다. 부모의 예측은 적중했다. 해리는 잠시나마 호주에 살았고, 영어 이름은 필요 없었다고 하니 말이다. 딸의 미래까지 고려해 신중히 이름을 골랐을 그녀의 부모.

해리는 피부가 하얬고 팔과 다리가 가늘고 길었다. 그녀는 브랜드 로고가 박힌 셔츠를 즐겨 입었으며 발목 위까지 올라오는 흰색 양말을 자주 신었다. 그리고 그녀 곁에는 항상 클라리넷이 있었다. 피아노나 바이올린도 아닌 클라리넷이라니. 가냘픈 고음의 소리를 내며 심장을 파고드는 것이 바이올린이라면 클라리넷은 저음으로 웅장했으며 여운이 오래 남는 악기였다. 악기를 연주하는 친구가 많지 않았던 터라 해리는 클라리넷을 한다는 것만으로 부러움의 대상이 되었다. 그리고 해리는 자신의 특권을 미움받지 않는 선에서 적당히 즐길 줄 아는 친구였다.

졸업 후 해리와의 연락은 드문드문 이어졌다. 그녀가 서울로 대학을 갔을 때만 해도 일 년에 한두 번은 보았는데 호주로 떠난 뒤로는 아주 연락이 끊겼다. 해리가 호주에서 돌아와 서울에 정착했다는 말을 들었을 때 나는 망설이다 그녀에게 전화했다. 안부를 묻고 나니 할 말이 없었으며 곧 어색한 침묵이 흘렀다. 시간이 되면 보자고 했으나 둘 다 시간이 나지 않았다. 해리는 언제 광주로 왔을까.

통화를 마치고 돌아오니 병실에 새로운 환자가 들어왔다. 마른 몸피에 얼굴이 까만 60대 초반의 남자는 무연한 표정으로 병상에 앉아 있었다. 남자의 아내는 입원 물품을 정리하다 대학병원에서 약을 챙겨 오지 못했다며 급히 병실을 나갔다. 죽음을 준비하는 가족의 움직임은 분주했다. 덩달아 여사님도 바빠졌다. 여사님은 남자의 아내가 준비해 온 물품을 하나씩 체크해가며 꼼꼼히 챙겼다. 양말이 없는디. 해용 씨 전화를 좀……오메, 왜 운다요? 여사님의 놀란 목소리에 남자를 보았는데 정말로 그는 눈물을 뚝뚝 흘리고 있었다. 어째 우요. 남자가 그라고 눈물이 많아야 쓰겠소이. 여사님이 휴지를 들고 와 눈물을 닦는데도 남자는 여사님의 손길을 피하지 않았다. 남자의 흐느낌을 보고서야 나는 입원 당일 아버지의 짜증을 이해할 수 있을 것 같았다.

다 잊고 잠에 빠진 것이 나았구나 싶었는데 배 위에 가지런히 올려 있던 아버지의 손이 꼼지락거리기 시작했다. 손은 생을 부여잡듯 쥐고 있거나 기도를 하듯 허공에 선을 긋기도 했으며 피아노 건반을 치듯 손가락을 움직이기도 했다. 의식이 돌아왔나 싶어 나는 큰 목소리로 아버지를 불렀다. 하지만 아버지는 목소리에 반응하지 않았다. 내가 여러 번 아버지를 부르자 여사님이 소용없다는 듯 고개를 저었다.

"불러도 모른당게. 근디 재길 씨가 뭔 일을 하셨당가?"

아버지는 중학교를 졸업 후 광주로 나와 양복 기술을 배웠다. 집안 형님의 권유로 시작했고 한동안은 자신의 선택에 자부심을 느꼈다. 내가 초등학생일 때까지 집안 상황은 좋았던 것 같다. 양복점엔 직원이 네 명이나 있었고 냉장고에는 콜라며 환타가 가득 채워져 있었으니까. 풍요로운 시절은 너무 짧았다. 초등학교 졸업 후 양복점은

쪽 내리막이었다. 재봉틀이 돌지 않는 날이 많았고 아버지는 소파에 앉아 무연히 유리문을 바라보기만 했다. 그런데도 아버지는 입원하기 직전까지 양복점을 지켰다. 아버지는 다리를 질질 끌며 진통제를 먹어가며 양복점으로 향했다. 그는 홀로 남을 양복점을 위해서라도 자신의 병이 나았으면 좋겠다는 투였는데 그럴 때면 나는 아버지에게 말했다. 아버지, 이제 그곳은 누구의 손길도 필요 없어요. 지키지 않아도 된다고요. 그러냐? 아버지는 힘없이 대꾸했다. 하지만 나는 그의 고집이 쉬이 꺾이지 않을 것을 알고 있었다.

"양복점을 하셨어요."

"오메, 그라믄 옷을 만드셨구만이."

"옷이요?"

"지금도 보소이. 뭣을 만드는 폼이 아닌가이. 밤이 되면 손이 얼마나 바빠진가 모른당게. 자네 말을 들은 게 인자 알겠구만. 바느질을 하는 것이네이. 여기 와서 옷을 몇 벌을 맨들었는가 몰러. 수십 벌은 될 것 같으네이."

"그렇게 많이……."

"그란당게. 저라고 정신이 가물가물한디도 희한한 일이네이."

"언제부터요?"

"잠자는 시간이 길어지믄서 그런 거 같구만이. 요즘은 허둥지둥 얼매나 서두른가 몰러. 죽을 날이 가차워졌는가. 얼룽 잊어부러야 될 것인디. 못 잊으믄 고생이여."

내가 무슨 말인가 싶어 고개를 들어 여사님을 빤히 바라보자 그녀는 잠시 머뭇거렸다.

"……나도 여기 일하믄서 들은 말이다. 사람들은 죽어서도 얼마간은 살아 있다등만이. 무덤에 들어가서도 무담시 발딱발딱 일어나 뭣을 한다네이. 이승의 일을 잊지 못하는 것이제. 재길 씨는 깰 때마다 바느질을 할 것이제. 아, 내가 죽은 목심이구나. 그것을 받아들일 때까정 자다 깨다를 반복함서 말이여. 죽어서까정 손에서 일을 못 놓는다면야 을매나 불쌍한가이. 죽기 전에 싹 잊어불어야 써. 그래야 무덤서 눈을 떠도 그저 컴컴하니 밤이구나 싶어 금방 도로 잠들지 않겠는가이."

설마 하는 마음이 들면서도 나는 여사님의 말에 빠져들었다. 죽어서도 깨어난다니 그럼 죽은 것이 아니지 않은가.

"내가 보들 안 했응게 맞는 말인가는 몰라도 말이여. 근디 맞는 말 같단 말이네이. 이치를 따져 설명을 하라믄 못 하제만. 사람이 나이가 들믄 영험해진단 말이여. 긍게 딱 들으믄 맞는 말인가 틀린 말인가 분간한다는 말이제. 죽었는디 한 번씩 일어나믄 어떤 기분이 들까 싶네이. 그렇게라도 눈을 뜨믄 좋은 사람들도 있겠제만 아닌 사람도 있겠제. 재길 씨는 어떨랑가 모른디 내 생각엔 안 좋을 것 같어. 암만, 좋지는 않을 것 같네이. 일어나 봤자 일만 하게 생겼는가이."

"바느질이라면 질렸을 거예요."

"아녀, 악착같이 일을 붙들고 있는 걸 보소. 잊지 않을라고 말이여. 낮에는 그럭저럭 얌전한디 밤이 되믄 손을 쉬지 않는당게. 암만 해도 밝은 대낮보다는 밤에는 정신이 바짝 들 테제. 밤에는 귀신들이 막 돌아댕긴게. 재길 씨 눈에는 보일 테제. 긍게 손이 바빠진 것이여."

정말이지 이해할 수 없는 말이었다. 저승으로 가기 전 지옥으로 갈지 천국으로 갈지 심판을 받아야 한다는 것보다 자신의 죽음을 깨달지 못한 채 이승에서 떠돌이 귀신이 되어 지내게 된다는 이야기보다 훨씬 음침하고 불길한 말 같았다.

그렇다면 나는 죽어서도 나쁜 습관을 버리지 못할까. 무덤 속에서도 머리카락을 빙빙 꼬거나 뚝뚝 뜯어내며 불안한 마음을 가라앉힐까. 손에 잡힌 머리카락을 바라보며 죽어도 못 고치는 병이구나, 한탄하며 캄캄한 무덤 속에서 회한에 잠기게 될까.

나는 여사님의 말이 그냥 하는 말이겠거니 하면서도 죽어서도 살아온 삶을 잊지 못하는 손에 대해 생각했다.

"샤워요? 그냥 계세요."

"냄새가 나지 않니?"

"무슨 냄새가 난다고……."

입원한 남자가 코를 킁킁거리며 인상을 썼다. 아들로 보이는 젊은 청년은 난감한 듯 남자와 여사님을 번갈아 보았다. 남자는 냄새가, 냄새가, 중얼거리며 안절부절못했다. 병원에서는 늘 냄새가 난다. 알코올 냄새, 밥 냄새, 약 냄새, 그리고 고약하게 풍기는 죽음의 냄새까지 말이다. 인상을 쓰던 남자가 단호한 목소리로 샤워를 해야겠다고 했다. 아들은 오전에도 씻지 않았느냐고, 엄마가 오시면 그때 하시라 만류했지만 남자의 고집을 꺾지 못했다. 여사님도 난감한 눈치였다. 남자가 병상에서 몸을 일으키더니 복도로 나갔다. 아들이 부축을 하려 하자 남자는 그의 손을 뿌리쳤다. 남자가 나가고 무겁게 끌리는 슬리퍼 소리가 오래 들렸다.

남자는 이곳에서 얼마나 지내게 될까. 죽음과는 무관하다는 듯 꼿꼿이 입원했던 환자들도 일주일 정도 지나면 세상을 떠났다. 아버지가 겁나게 강한 사람인갑서. 여기서 삼 주 넘게 입원한 환자는 별로 없었응게. 뒷에 미련이 많이 남아 못 간가 모르겠네이. 병실에 들고 나는 환자가 생길 때마다 여사님은 아버지의 명줄에 대해 이야기했다. 좋다는 건지 나쁘다는 건지 알 수 없는 투로 명줄에 대해 이야기할 때면 여든이라는 나이를 살아온 아버지의 삶에 대해 생각했다. 여사님은 새로운 환자가 들어올 때면 무슨 생각을 할까. 나는 샤워를 하고 돌아온 남자로 바쁜 여사님께 가볍게 목례를 한 후 병원을 빠져나왔다. 자동차에 시동을 걸면서 덕희가 보낸 부고장을 살폈다.

장례식장은 외진 곳에 있었는데 어둠을 환히 밝히는 빛은 사람들의 이목을 끌기 충분했다. 그곳은 입구에서 주차장, 3층 건물까지 높이가 다른 노란 전구들로 물결을 이루고 있었다. 전구들은 마치 하늘에 그려진 음표처럼 보였고 각각이 음계에 맞는 소리로 화음을 이루고 있는 듯했다. 장례식장이라기보다 호텔이나 거대한 카페 같았다. 이승과 저승의 경계에서 마지막 작별 인사를 하는 곳이 아니라 신나게 축제를 즐겨야 마땅할 곳으로 보였다.

주차를 하고 나서야 음울한 기운을 느낄 수 있었다. 상복과 검은 정장을 입은 사람들이 여럿 보였으며 간혹 흐느껴 울며 통곡하는 이도 있었다. 입구에 다다를수록 향 냄새와 낮게 소곤거리는 목소리 때문인지 섬뜩해졌다. 갑자기 밤이 되면 귀신이 돌아다닌다는 여사님의 목소리가 들렸다. 주위를 둘러보았다. 어둠 속 영혼들이 노래를 부르거나 춤을 추고 있는지도 모를 일이다. 장례식장의 밝은 빛은 그들의 축제를 훼방 놓고 있는 건 아닐까. 살아 있는 이들이 영혼에 잠식되지 않으려면 더 많은 불빛이 필요할 것 같았다.

주름이 깊어지긴 했지만 덕희는 예전 모습 그대로였다. 살이 쪘으나 갱년기를 지나는 나이임으로 당연했다. 덕희는 나를 보더니 깜짝 놀라며 달려 나왔다. 정말 왔구나. 덕희는 어제 본 친구인 듯 반갑게 웃으며 손을 잡았는데 나는 그녀가 잡은 손을 조심스럽게 빼며 장례식장 구석진 곳에 자리를 잡았다. 자리에 앉자마자 상이 차려졌고 저절로 소주에 손이 갔다. 술이라도 마셔야 어색한 분위기에 적응할 수 있을 것 같았다.

가만 보니 덕희가 장례식장을 진두지휘하고 있었다. 큰딸이니 당연하다 싶었지만 뭔지 살짝 들떠 있는 듯 보였다. 그녀는 호들갑스럽게 웃으며 식탁을 돌아다니며 친척들이나 지인들과 인사를 나누었다. 먼저 온 이들과 인사를 마친 덕희가 내 쪽으로 다가왔다.

"고생이 많았네. 임종은 했니?"

사실 나는 덕희의 아버지에 대해 궁금한 것이 많았다. 그녀는 기다렸다는 듯이 아버지의 죽음에 대해 이야기하기 시작했다.

"어젠 날씨가 맑았잖아. 아버지를 보러 가는데 햇살이 참 좋은 거야. 아버지도 눈을 감은 채 편안히 주무시고 있더구나. 내가 아버지의 손을 잡았더니 희미하게 눈을 뜨셨어. 그리고 미소 지었지. 아버지를 보고 집으로 돌아가는 길에 병원에서 전화가 오지 뭐니. 다급한 목소리였어. 급히 가야 하는데 길이 어찌나 막히던지. 너도 알지 않니? 백운동 그쪽이 완전 상습정체구간이잖아."

"그래서 임종은, 못 한 거야?"

"아니, 그건 아니야."

덕희는 맥락이 없는 말을 쏟아냈다. 병원에 갔을 땐 이미 돌아가셨던 거냐고 재차 묻자 덕희는 생과 사의 경계가 자로 재듯 정확한 것이 아니지 않느냐며 고개를 갸웃거렸다.

"그럼, 아버지의 직접적인 사인은 뭐였어?"

"직접적인 사인? 글쎄 뭐라고 해야 할지 모르겠네. 사실 난 이미 아버지가 돌아가실 줄 알았단다. 전날 꿈속에서 아버지를 만났거든. 내게 인사를 하더라고. 고맙다고 내 어깨를 여러 차례 쓸더라. 그리고는 아버지가 오솔길을 따라 내려가는데 어느새 먼저 돌아가신 엄마가 아버지 곁에 나란히 걷고 있는 거야. 두 분 모두 너무 평온하게 보였어. 그렇게 천천히 내게서 멀어졌어. 내 생각에는 천국을 향해 가신 것 같더구나. 걸어가는 내내 빛이 환히 비친 걸 보면 천국인 거 아니겠니?"

천국? 나는 덕희를 보았고 곧 그러니까 꿈이라는 거지? 라고 물었다. 덕희는 질문에는 대답하지 않고 계속 다른 말만 했다. 장황하게 이해할 수 없는 말을 쏟아내던 덕희가 입구 쪽을 보더니 아는 이들이 왔다며 일어섰다.

덕희의 아버지는 이승의 삶을 완전히 잊고 떠났을까. 교직에 평생 몸담았던 그의 손은 무엇을 기억했을까. 볼펜을 찾기 위해 왼쪽 가슴께를 더듬으며 죽음을 향해 갔을까. 아니면 국어 선생님답게 즐겨 읽던 책을 넘기며 애정하던 시를 되뇌었을까.


온다던 해리는 감감무소식이었다. 덕희에게 물으려 찾았는데 풍채 좋은 덕희의 움직임이 커지더니 나를 보며 손을 흔들었다. 오라는 건가 싶어 우물쭈물하며 자리에서 일어났더니 덕희가 큰 목소리로 해리가 왔어. 라며 소리쳤다. 과연 해리가 왔다. 하지만 덕희가 해리라고 말해 주지 않았다면 나는 해리를 알아보지 못했을 것이다. 해리는 아주 다른 사람이 되어 있었다.

하얀 블라우스에 데님 스커트를 입고 전교생 앞에서 클라리넷을 연주하던 해리. 허리를 꼿꼿이 세우며 당당히 걸었던 해리. 하지만 장례식장에 나타난 해리는 겨우 걷고 있었다. 다리를 질질 끌며 천천히 움직였으나 마른 몸이 심하게 떨려 넘어지지 않을까 걱정되었다. 해리의 어깨는 동그랗게 말렸고 말린 어깨 때문인지 몸 전체가 굽어 보였다.

해리는 나를 보며 활짝 웃었다. 얼마 만이니? 해리가 손을 잡았는데 그녀의 손에서는 냉기가 흘렀다. 해리는 왜 연락 없이 지냈는지 모르겠다며 무심하게 지낸 세월을 탓했다. 자리에 앉자 곧 덕희가 해리의 식사를 챙겨 왔다.

"난 안 먹어도 돼."

"저녁 먹고 왔어?"

"아니, 나 암이잖아. 음식 냄새도 싫어."

암이라고? 덕희와 나는 누가 먼저랄 것도 없이 입을 다물었다. 해리의 건강 상태가 좋지 않다는 것은 들었지만 암이라는 사실은 몰랐다. 해리는 마치 남의 이야기를 하듯 아무렇지 않게 말했다. 해리는 언제나 그랬지. 욕심이 많은 할머니가 자살 소동을 벌였다는 말을 할 때도, 의사인 아버지가 의료사고를 내 합의금이 상당하다는 말을 할 때도 마치 클라리넷을 불 듯 은은하고 평화로운 목소리로 속삭였다.

해리야, 과일이라도 먹어. 덕희가 해리 쪽으로 음식을 옮겼다. 덕희는 환자라면 더욱 잘 먹어야 한다며 끊임없이 음식을 권했다. 해리가 음식을 밀어내자 덕희가 네가 먹을 만한 것을 챙겨 보겠다며 입을 실룩이며 일어섰다. 덕희야, 너 립스틱 색이 너무 붉지 않아? 해리가 주저하며 덕희에게 말했다. 일어서던 덕희가 이상하냐고 물었고 해리는 가만히 고개를 끄덕이며 나를 보았다. 언제 화장을 고쳤을까? 덕희의 붉은 입술은 핏물이 뚝뚝 떨어질 듯한 선홍색의 육회를 하루도 빠지지 않고 먹었던 남자를 떠오르게 했다.

육회 남자는 아버지와 같은 병실을 사용했던 중년 남자였다. 남자의 병명은 알지 못했는데 살이 제법 있어 호스피스 병동으로 올 사람으로는 보이지 않았다. 부인은 먼저 죽고 가족으로는 삼십 대의 남매가 있다는 남자는 자식들이 찾아올 때마다 육회, 그렇게 한마디만 했다. 둘은 돌아가면서 매일 육회를 날랐다. 아버지, 육회 가져왔어요. 육회, 소리가 들리면 남자가 부스스 일어났다. 부지런히 젓가락을 놀렸고 제대로 씹지도 않고 꾸역꾸역 삼켰다. 햇살을 받은 육회는 금방이라도 핏물이 떨어질 듯 보였다. 그가 육회를 먹을 때면 나는 속이 울렁거렸다. 의정 씨 호강하네이. 원 없이 먹고 가시요이. 잘 먹고 죽은 귀신은 때깔도 좋다고 헝게. 여사님은 남자가 육회를 먹을 때면 흐뭇한 표정으로 바라보곤 했다. 가져온 육회를 비우면 곧 무너지듯 침상에 누웠는데 육회를 먹고도 정신이 들 때마다 육회, 육회, 중얼거리며 잠 속으로 빠져들었다. 그는 얼마나 많은 육회를 먹었을까. 남자는 입원한 지 십 일 만에 다른 세상 사람이 되었다. 남자는 죽으면서도 육회, 한마디만 남겼을 것 같았다. 유언으로 육회를 외쳤는지는 모르겠지만 여사님 말을 빌리자면 잘 먹어서 그런지 임종도 편안했단다. 여사님 말대로라면 남자는 무덤에서도 육회를 찾겠지. 육회, 육회, 중얼거리며 젓가락을 들다 다시 잠에 빠질 터였다.

덕희가 입술을 삐죽이더니 휴지를 꺼내 립스틱을 지웠다. 아, 저 표정 때문이구나. 덕희와 멀어졌던 이유가 이제야 생각났다.

가까운 동네에 살았던 나는 자주 해리 집에 드나들었다. 그러다 중간고사 기간에 해리 집에서 잔 적이 있다. 밤샘 공부를 하자며 의기투합했는데 새벽 한 시가 넘어가자 저절로 눈이 감겼다. 깜빡 졸았다고 생각했는데 음악 소리에 일어나니 침대였다. 커튼 사이로 햇살이 넘실거렸고 방 안 가득 잔잔한 음악이 흘렀다. 팝송이라 가사를 알아들을 수는 없지만 달콤하고 감미로운 사랑의 노래일 것 같았다. 시험공부를 제대로 끝내지 못했다는 사실도 잊고 나는 노래를 흥얼거렸다. 나른하지만 안온한 느낌, 마치 다른 세상에 있는 것 같았다. 해리는 이렇게 사는구나. 커튼 사이로 쏟아지는 햇살은 참 부드럽구나. 그런 생각을 했었다.

학교 가는 내내 아침 풍경을 떨치지 못했다. 어른이 되면 나도 저렇게 살아야지. 음악을 들으며 눈을 떠야지. 하늘색 커튼을 달면 어떨까. 시험도 대충대충 봤는데 이상하게 걱정이 되지 않았다.

시험이 끝나자마자 덕희가 도시락을 들고 뛰어왔다. 덕희는 시험을 망친 것 같다며 툴툴대면서도 어서 점심을 먹자고 했고, 셋 중 해리가 먼저 도시락을 열었다. 해리의 도시락에는 분홍 소시지, 당근과 양파를 넣은 계란말이, 시금치와 김치가 색색이 보기 좋게 담겨 있었다. 오, 맛있겠다. 덕희가 다급히 젓가락을 들었고 나도 당당한 표정으로 도시락을 열었다. 그러나 내 도시락엔…… 콩자반과 멸치볶음이 있었다. 덕희의 젓가락이 잠시 허공에 맴돌았다.

"너 해리 집에서 잔 거 아니야?"

해리는 말없이 점심을 먹기 시작했다. 나는 갑자기 식욕이 뚝 사라졌다. 그렇다고 도시락 뚜껑을 덮을 수도 없었다. 잠시 머뭇거리던 나도 밥을 먹기 시작했다. 별일 아니라고 생각했다. 엄마가 싸준 반찬도 대부분 콩자반이나 멸치볶음, 어묵이나 김치였다. 그러니 그냥 먹으면 되었다. 그러려고 애썼다. 너무한다, 그렇지? 덕희가 입을 실룩이며 중얼거렸다. 덕희는 질문인지 혼잣말인지를 몇 번 더 했고 해리와 나는 그저 먹기만 했다. 그날 나는 해리의 반찬에는 손대지 않았다. 해리가 콩자반이나 멸치볶음을 먹었는지는 기억나지 않는다.

덕희는 잊을 만하면 입을 내밀며 뿌로통한 표정으로 말했다. 해리 말이야. 어쩜 그럴 수 있어? 너한테 미안하지도 않나 봐. 나는 잊고 싶은 기억을 수시로 환기시키는 덕희 때문에 곤란했다. 무엇보다 덕희의 애매모호한 표정이 싫었다. 입술을 실룩이며 흥, 흥, 그랬지만 말이 끝났을 땐 미세하게 입꼬리가 올라갔다.

도시락 사건 이후 나는 해리를 보면 머뭇거렸다. 묻고 싶은 말이 있었다. 하지만 입에 고인 말을 뱉지는 못했다. 어떻게 시작해야 할지, 어떤 식으로 이야기할지 몰랐다. 해리와 대화할 때면 곧 다른 생각에 빠져 해리와 마주 보며 웃는 일이 없어졌다. 점차 해리를 보는 것도 덕희의 표정을 짐작하는 것도 싫었다. 돌이켜 생각해 보면 그 일은 해리 잘못이 아니었다. 그건 그냥 어른들의 세계였다. 간혹 우리는 너무나 사소한 일로, 작은 오해로 멀어지게 된다. 그녀들과 멀어지면서도 나는 아쉽지 않았다. 대학에 가게 되면, 사회생활을 하게 되면 우정을 나눌 친구가 많이 생길 것이라 생각했다. 착각이었다. 고등학교 시절처럼 가까운 동네에 산다는 이유로, 좋아하는 가수가 같다는 이유로 친구가 될 수 없었다. 우정을 나눌 사이가 되는지 더 많이 재 보고 계산했다. 무슨 일을 하는지 어떤 삶을 살고 있는지가 중요했으며 공유할 무엇이 없다면 친구가 되지 못했다. 서로의 마음을 기꺼이 내주지 않았으니 관계는 필요에 의해 생겼다 멀어졌다 그랬다. 먼저 다가가는 성격이 아닌 데다 무턱대고 다가오는 사람들에게는 경계심이 강해 내 주변에 남아 있는 친구는 거의 없다. 외롭다고 느낄 때면 지난 시절이 그리웠다. 석식 시간이면 유행가를 따라 부르며 감성에 젖었던, 얼굴만 바라봐도 저절로 웃음이 나왔던 그 시절 말이다.

기운 없이 겨우 앉아 있던 해리가 갑자기 우릴 보며 웃었다.

"너희들은 모르지? 췌장암 환자는 건강보험 재정에 유리한 환자란다. 진단 후 일 년도 안 돼 대부분 죽거든."

"다른 사람 일이 아니야. 네 일이야."

해리의 농담인지 진담인지 모를 말에 내가 정색하며 대답했다. 나는 암의 고통에 대해 충분히 알고 있다. 해리는 상상초월의 고통을 견디는 중일 것이다. 먹을 수도 잘 수도 없게 만드는 통증에 대책 없이 당하고 있을 것이다.

해리는 죽음을 어떻게 생각하고 있을까. 가볍고 산뜻하게 경계를 넘어갈 것이라 생각하고 있을까. 당연하고 자연스러운 이치라 생각해 장례식장에 올 수 있었을까. 아버지는 병에 걸린 것이 아주 창피한 일이라 생각했다. 상가 지인들에게 들킬까 이른 새벽 양복점에 나갔고 늦은 밤에 돌아왔다. 아무도 없는 양복점에서도 다리를 절지 않으려 애썼다.

"애들아, 내 머리 어떠니?"

해리의 머리카락은 여느 암 환자처럼 숱이 없지는 않았으나 너무 짧은 커트라 어울리지는 않았다.

"넌 긴 머리 스타일이 잘 어울려."

덕희가 해리 머리 스타일에 대해 말했고 나는 오래전 기억을 더듬었다.

"이거 가발이야. 감쪽같지? 원래 엄청 비싼 건데 암 환자라고 하니까 50% 할인해 주더구나. 암에 걸리니까 좋은 것도 있어."

마땅히 대꾸할 말이 없어 가만히 있었는데 갑자기 덕희가 해리에게 클라리넷 연주를 지금도 하느냐고 물었다. 해리가 코를 찡긋하더니 웃었다. 해리는 클라리넷을 연주하기 전 코를 찡긋했는데 그건 습관이었다. 그땐 해리가 다른 이의 주목을 받는 상황이 긴장돼 그런 거라 생각했다. 하지만 지금 보니 아니었다. 해리는 눈을 감더니 허공에서 손을 움직였다. 마치 클라리넷을 들고 연주를 하듯이 말이다. 연주를 끝낸 해리가 다시 코를 찡긋했다.

"지금은 어렵지. 근데 클라리넷에 손가락을 얹고 눈을 감으면 돼. 그럼 소리가 들려."

"상상으로?"

덕희가 물었고 해리는 상상이 아니라 정말로 소릴 들을 수 있다고 말했다. 해리의 말을 듣던 덕희가 죽음에 대해 장황하게 이야기를 시작하더니 천국에 대해 말했다. 정말 천국이 있다고 생각하는 거야? 어이없다는 표정으로 내가 물었는데 덕희는 없을 리 없지 않느냐고, 해리야, 너도 믿지? 라고 물었는데 해리는 가만히 고개를 끄덕이며 장례식장 풍경을 꼼꼼히 살펴보았다.

해리는 오랜 시간 장례식장을 지켰다. 몸이 자주 흔들렸고 시간이 흐르자 목소리도 갈라졌다. 그럼에도 해리는 실없는 농담을 했고 흐흐흐 쥐어짜듯 웃었다. 우리는 늦은 밤이 되어서야 일어났다. 자리에서 일어나던 해리가 발을 헛디뎌 넘어질 뻔했다. 몸무게가 40킬로그램이 되지 않는다는 해리는 정말이지 겨우 걷고 있었다. 나는 해리 곁으로 다가가 그녀의 어깨를 잡았고 해리는 내게 살짝 기댔다. 집까지 데려다주겠다고 했으나 해리는 한사코 거절했다. 해리의 고집으로 택시를 잡아 줄 수밖에 없었다. 해리를 태운 택시가 떠나고 덕희와 나는 한참을 해리가 떠난 길을 바라보았다. 다시 볼 수 있을까? 덕희가 물었고 나는 그럴 수 있겠지, 라고 대답했다.

장례식장에 다녀온 지 일주일 후 아버지는 다른 세상으로 갔다. 매일 샤워를 했던 남자는 아버지보다 빨리 세상을 떴다. 그는 샤워에 집착한 듯 보였지만 냄새에 집착했던 것 같기도 했다. 그는 죽음의 냄새를 지우기 위해 악착을 떨었을지도 모른다. 하지만 샤워를 마친 그에게서는 비누 냄새나 샴푸 냄새가 나지 않았다. 그가 복도로 나갈 땐 슬리퍼 끄는 소리가 오래 들렸고 병실에 들어올 땐 물기 없는 그의 얼굴이 더욱 검게 보였다. 그는 죽기 전날에도 샤워를 했다고 여사님께 들었다. 성정이 너무 깔끔해서 그려. 죽을 날이 가차운디 냄새가 뭔 대수랑가. 여럿 있는 병실서 넘한테 폐 끼칠까 봐 그랬는갑서. 여사님이 고개를 절레절레 흔들었다. 여사님의 말을 듣자니 금방이라도 풀썩 주저앉을 듯 마른 몸으로 다음에 봐, 토해내듯 인사를 하며 택시를 탔던 해리가 떠올랐다. 해리도 그런 마음이었을까.
그렇게 육회 남자, 샤워 남자가 떠나고도 아버지는 일주일 넘게 병실을 지켰다. 정신력이 대단한갑서. 이라고 한 달 이상 입원한 사람은 없었당게. 그렇게 한 달하고 이틀이 지난 날, 아버지도 다른 세상으로 갔다. 병원의 연락을 받고 도착했을 때 아버지는 편안한 얼굴이었으며 배 위에 양손을 포개고 있었다. 아버지의 손은 따뜻했다.

아버지의 장례식장에는 덕희만 왔다. 해리는 병세가 급격히 악화되어 병원에 입원했다는 이야기를 들었다. 해리의 손은 무엇을 기억하고 있을까. 그녀의 손은 클라리넷을 닦거나 연주하며 지난 생을 잊지 않기 위해 애쓰고 있는지 모른다. 해리의 병실은 깊고 웅장한 선율로 채워지겠지. 해리는 죽어서도 한 번씩 깨어나 아름다운 멜로디를 떠올리며 클라리넷을 연주할지 모른다.

아버지가 돌아가신 후 늦은 밤까지 잠들지 못했다. 밤과 낮이 바뀌면서 내 손은 수시로 머리카락을 꼬았다. 그렇게 머리카락을 만지고 비비면서 스르르 잠에 빠져들었다. 무덤에서도 내 손은 머리카락을 빙빙 돌려 말거나 뚝뚝 끊어내며 살아온 삶을 기억할 것이다. 그건 정말 아니라고 여겼는데 곰곰이 생각하니 괜찮을 것 같기도 했다. 손은 무덤에 있는 나를 위로해 줄 것이다. 괜찮다고, 다시 편안히 잠들면 된다고 말이다. 아버지는 바느질을 하고 있을까. 바느질을 하고 있다면 아버지는 웃고 있겠지. 편안히 웃으며 살아생전 내가 옷을 만들었구나, 그렇게 깨달으며 다시 잠에 빠질 것이다. 해리 또한 그럴 것이다. 그렇게 한 번씩 깨어나 추억에 잠기며 무덤에서 남은 생을 살다 천천히 세상과 작별하는 것 또한 좋을 것 같았다. 손이 먼저 생을 기억하고 지나온 삶을 더듬고 죽음을 환기하며 다른 세계로 넘어간다면 그것이야말로 편안하고 완벽한 죽음이지 않을까 싶었다.

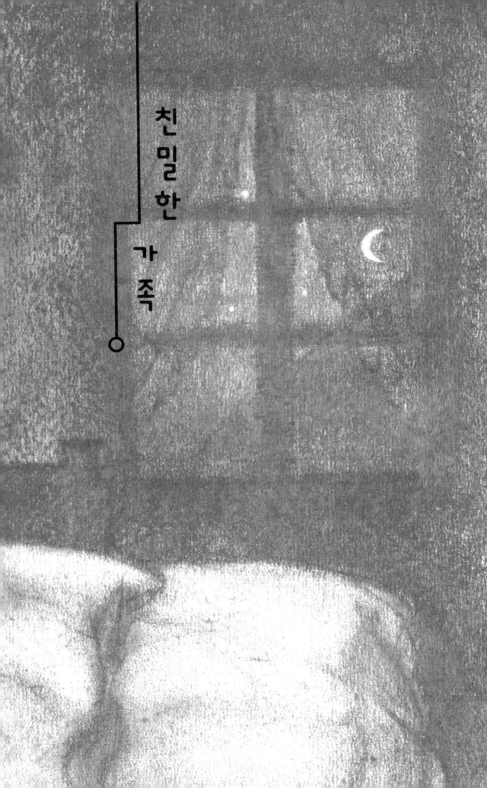

친밀한

가족

오늘 엄마 생일인데…….

은애 언니의 문자를 받았을 때 나는 이를 닦고 있었다. 알람 소리에 습관적으로 휴대폰을 들었더니 언니였고 괜히 본 것 같아 짜증이 났다. 가족은 참 성가신 존재다. 우리 세 자매와 같은 관계라면 더욱 그렇다.

은애 언니는 평소에도 문자에서처럼 말의 끝맺음이 없다. 엄마 생일이니 알고 있으라는 건지 다 같이 모여 기념을 하자는 의미인지. 나는 언니가 습관적으로 사용하는 말줄임표가 싫다. 의도를 드러내지 않으면서 상대를 살짝 떠보려는 방식이다. 내가 그걸 모를까. 언니도 내가 엄마의 생일을 잊었으리라 생각하지는 않을 것이다. 엄마를 핑계로 명애 언니와 자리를 만들려는 계산이 깔려 있다. 기일도 아닌 생일을 기념해 만날 필요가 있을까 싶다. 더구나 명애 언니는 보고 싶지 않다.

외출을 위해 화장을 시작했다. 주말 외출의 목적지는 고작 병원이다. 토요일이라 오전 진료만 가능해 서둘러야 했다. 하지만 자꾸 몸이 늘어진다. 얼굴색이 어두워 볼 터치를 했다. 뺨이 너무 도드라져 보일까 싶었지만 그런대로 봐줄 만했다. 마지막으로 헤어 컨실러로 새치 커버를 시작했다. 희끗한 머리카락을 브라운 계열의 컨실러로 가렸다. 가르마를 중심으로 짙게 펴 바르니 흰머리가 서서히 사라졌다. 군데군데 보이는 흰머리는 마치 길 위에 떨어진 이팝나무처럼 눈에 거슬렸다. 이팝나무라니. 팝콘처럼 새하얀 꽃은 어떤 식으로든 나와 어울리지 않았다. 명애 언니라면 몰라도.

명애 언니는 사춘기 시절부터 연애 선수였다. 언니는 두상이 작고 얼굴이 갸름했으며 피부가 유독 하얬다. 검고 풍성한 머리카락은 윤기가 흘러 빛이 났다. 나는 한 번도 빛나 본 적이 없다. 그래서인가? 연애 한 번 제대로 못 했다. 누군가를 떠올리며 미래를 꿈꾼 적은 있다. 하지만 상상으로 끝, 관계는 발전되지 않았다. 어쩔 수 없이 짝사랑만 했다. 내 마음이 식었을 때 쉽게 끝낼 수 있다는 장점을 위안 삼아 말이다. 하지만 나이가 들수록 마음에 두었던 사람의 연애와 결혼은 상처가 되었다. 그래서 그만두기로 했다. 짝사랑이야말로 최악의 사랑이며 감정의 손실이었다. 그렇게 마음의 동요 없이 이십 년을 보냈다. 인생에 사랑만 있는 것은 아니니 말이다.

오랫동안 잘 적응하고 있었는데 최근 잔바람이 불 듯 마음이 일렁였다. 봄날 오후 해 질 무렵처럼 알 수 없는 헛헛함에 휩싸이기도 했다. 다시 짝사랑의 시작인가? 아닐 것이다. 그저 빛 때문이다. 남자는 영화비평모임 회원이다. 희한하게 그가 앉은 자리에는 햇살이 따라다녔다. 작은 강의실인데도 빛은 공평하지 않아 나는 겉옷을 여몄고 그는 재킷을 벗었다. 빛은 빗금이 되거나 물결이 되어 그의 이마에, 반듯한 어깨에 오래 머물렀다. 나는 빛을 좇아 남자의 뒷자리로 자리를 옮겼다. 따뜻했다. 그의 흰 머리카락과 주름진 목덜미와 마른 등을 바라보며 강의를 들었다. 수업 때마다 그의 뒷자리를 사수하느라 상당히 애를 썼다. 강의 시간보다 일찍 도착해 복도에서 오랜 시간을 서성이다 저벅, 저벅 갈색 단화를 신은 그의 발소리가 들리면 그를 따라 강의실에 들어갔다. 햇살을 나누어 받으며 평온함을 느꼈다. 작은 교실과 영화, 햇살, 그리고…… 모든 것이 좋았다.

외출 준비가 끝났지만 나는 선뜻 현관을 나서지 못했다. 시간이 지체되고 있음에도 베란다로 나갔다. 그리고 작은 화분에 물을 주었다. 졸졸졸, 졸졸졸. 물소리에 갑작스레 병원 간호사의 짜증 섞인 목소리가 끼어들었다.

"오줌이 마렵다, 그 정도 상태가 돼야 해요. 양이 많아도 적어도 안 됩니다. 그래야 검사가 정확해요."

간호사가 내게 주의를 주자 비뇨기과 대기실에 앉아 있던 중년 남자들의 시선이 일제히 쏠렸다. 일부러 그들과 멀찍이 떨어져 피부과 대기실에 앉았는데 간호사의 큰 목소리에 얼굴이 달아올랐다. 나는 쭈뼛쭈뼛 일어나 그게 대체 어느 정도인지 가늠되지 않는다며 속삭이듯 말했다. 음, 그걸 어떻게 설명해야 하나? 하여튼 너무 많이도 아닌 적당한 정도, 그 정도요. 말을 마치자마자 그녀가 획 뒤돌아가는 바람에 나는 더 묻지도 못했다. 대체 그게 어느 정도냐고요. 그녀의 등에 대고 소리를 지르고 싶은 것을 간신히 참았다.

검사를 하기에 적당한 정도일까? 아랫배가 부풀어 올랐고 소변이

마려우므로 적당한 때인 것 같기도 했다. 피부과 대기실에 앉아 있던 나는 비뇨기과 진료실 앞으로 자리를 옮겼다. 대기하던 남자 환자 중 어떤 이는 뚫어지게, 어떤 이는 곁눈으로 나를 훑어보았다. 나는 의자에 엉덩이를 살짝 걸친 채 휴대폰을 들여다보았다. 간호사가 내 이름을 불렀다. 나에게 쏠린 수많은 시선을 외면하려 노력했다. 최대한 아무렇지 않은 척 애썼지만 모래밭을 걷는 듯 자꾸 걸음이 비틀거렸다.

검사실은 조도가 너무 높았다. 좁은 검사실 천장에 매달린 조명 두 개가 커다란 눈처럼 나를 노려보았다. 간호사가 나가자마자 나는 빠르게 주위를 둘러보았다. 누군가 문을 여는 소리에 화들짝 놀랐는데 검사실이 아니라 진료실 문소리였다. 검사실은 밀폐된 공간이었지만 사실 열린 공간이나 마찬가지였다. 대기실과 맞붙은 작은 문, 진료실과 맞붙은 작은 문, 모두 알고 있다. 내가 오줌을 싼다는 사실을 말이다. 나는 뻣뻣해진 목을 감싸며 변기 앞에 섰다. 어떻게 이런 공간에서 바지를 내릴 수 있단 말인가. 하지만 마냥 간호사를 기다리게 할 수는 없다. 변기에 앉아 양손으로 아랫배를 강하게 눌렀다. 충분히 물을 마셨는데, 검사실에 들어오기 직전까지 화장실에 가고 싶은 것을 겨우 참았는데 왜 소식이 없을까. 눈을 꼭 감고 호흡을 골랐다. 잠시 후 졸졸 졸 소리가 들렸다. 소리가 검사실 전체에 울렸다. 진료실과 대기실 밖까지 들릴 것 같아 숨을 죽였다. 숨소리만 줄인 것뿐인데 소변이 뚝 끊겼다. 갑작스럽게 말이다. 간호사가 소변을 보고 인상을 썼다.

"이러면 검사가 곤란해요. 물을 좀 더 드시겠어요?"

"빛 때문인 거 같아요."

간호사는 커튼이 쳐진 창문을 잠시 바라보며 고개를 갸웃거렸다.

나는 커튼 사이로 칼날 같은 빛이 쏟아진다고 말하고 싶었지만 그만두었다. 그녀는 예의 뚱한 표정으로 나를 가만히 응시할 것이다.

부끄럽고 번거로운 과정을 거쳐 진료를 받지만 가장 맥이 빠지는 일은 의사와의 면담이었다. 그는 명확한 원인에 대해서도, 완치 여부에 대해서도 확답을 주지 않았다. 환자마다 예후가 다르니까요. 좀 더 지켜보죠.

한 달분의 약을 처방받는 것으로 고난의 시간이 끝이 났다. 하지만 다음 달이 기다리고 있다. 의사는 최소 6개월의 치료 기간이 필요하다고 했다. 최소한 말이다. 영원한 도돌이표가 될지도 모른다. 그러지 않으려면 내가 병원에 가는 것을 그만두어야 했다. 사실 나는 진료가 도움이 되고 있는지 확신하지 못했다. 약은 잘 듣지 않았다. 그래서인지 자꾸 약을 먹는 것을 잊어버렸다. 그러고 보니 오늘 역시 약을 먹지 않았다. 나는 서둘러 식탁으로 달려가 약을 먹고 물을 두 컵 마셨다. 물을 많이 마셔야 하는데……. 이 상태로 병원에 가면 간호사가 질책하듯 한소리 할 것이다. 한숨을 쉬며 주섬주섬 머플러를 두르고 카디건을 걸쳤다. 이번 진료까지만 병원에 가는 것으로 마음을 정했다. 운동화를 신었다가 구두로 갈아 신었다. 병원에 갈 때는 특히 외모에 신경을 써야 했다.

현관을 열자마자 갈색 모자를 눌러쓴 사람이 서 있었다. 깜짝 놀라 뒷걸음쳤는데 곧 웃음소리가 들렸다.

"나야."

은애 언니였다. 언니는 언제나 기별도 없이 불쑥 그렇게 나를 찾아왔다.

"문자에 답이 없어서. 집에 있을 거 같아서 왔다."

놀란 나를 보고도 은애 언니는 미안한 기색이 없었다. 그녀는 젊어 보였고 그보다 생동감이 느껴졌다. 이모는 왜 늙지를 않아요? 조카들은 신기한 듯 그녀를 잡고 매번 물었다.

"어디 가? 쇼핑?"

"……그냥 심심해서."

"잘됐네. 명애 언니네 가자."

"지금?"

"그대로 가면 되지. 쇼핑, 급한 거야?"

나는 잠시 머뭇거렸다. 병원도 가기 싫었지만 명애 언니를 보는 것도 껄끄러웠다. 엄마 장례식 이후 우리는 데면데면 지내고 있다. 엄마가 너 때문에 눈을 제대로 못 감을 것 같구나. 명애 언니의 그 한마디 때문에. 나, 나 때문에? 언니 때문이 아니고?

엄마가 편히 눈을 못 감는다면 명애 언니 때문이다. 세 번의 결혼과 이혼으로도 충분하지 않은지 명애 언니는 여전히 사랑에 목매고 있다. 지금도 언니는 연애를 하고 있는지 모른다. 언니는 연애라고 했지만 글쎄, 연애라고 할 수 있을까. 나이가 들면 모두 그렇지만 언니의 가슴은 나무에서 떨어진 홍시처럼 축 처졌고 허리는 구부정했으며 엉덩이는 펑퍼짐해 여자의 곡선이 사라진 지 오래였다. 세월은 언니의 아름다움을 진작 삼켰다. 게다가 명애 언니는 희한하게 나이가 한참 어린 남자를 좋아했다. 작년에는 열 살이나 어린 남자와 만났다. 그녀는 수중에 있는 돈을 모두 털어 남자의 선물을 샀다. 연애만 시작하면 돈이 궁해졌고 그럴 때면 내게 전화했다. 대체 언니가 그 남자의 뭐냐고, 옷이며 펜, 지갑 하다못해 영양제나 과일까지 왜 사 주는 것이냐고 물었다. 가족도 아닌데 쓸데없는 돈은 왜 쓰는 거냐고 화를 내기도 했다. 희애야, 우린 가족보다 더한 사이야. 사랑하는 사이? 내가 묻자 언니는 대답하지 않았다. 그 남자, 언니 등쳐 먹는 거야. 늙은 여자가 뭐가 좋겠어? 마지막 말은 입으로 삼켰다. 언니는 정말 모르는 걸까?

난 엄마에게 부족한 자식이었지만 창피한 자식은 아니었다. 엄마의 걱정거리는 내가 아니었단 말이다. 우리는 누가 더 나은 자식인지를 놓고 얼굴을 붉히며 다퉜다. 이제 그만들 해. 엄마 가신 지 얼마나 됐다고. 은애 언니가 나서 상황을 정리했다. 장례식장에서 티격태격한 일은 부끄러웠지만 명애 언니를 몰아붙이지 못한 것에는 두고두고 후회가 남았다.

명애 언니네 같이 가자는 말에 대꾸 없이 가만히 서 있자 은애 언니는 집에 커피는 있지? 안 마셨더니 기운이 빠지네. 우선 커피부터 마시고…… 후다닥 집 안으로 들어갔다. 엉겁결에 나도 언니를 따라 들어갔다.

부엌으로 들어가 물을 올리자마자 언니는 거실을 빙 둘러본 후 커튼을 걷었다. 햇살이 성큼 집 안 곳곳으로 밀려들어 왔다. 집에 있을 때 나는 커튼을 잘 걷지 않았다. 빛을 탐하면서도 온전히 나만 비추는 햇빛은 차단했다. 빛이 들어오자 장식장과 콘솔, 바닥에 켜켜이 쌓인 먼지가 눈에 들어왔다. 언니가 마른걸레를 가져오더니 먼지를 걷어내기 시작했다. 먼지가 공기 중에 부유했다. 부유하는 먼지를 보자 기침이 나왔다. 가구와 바닥 곳곳에 무겁게 가라앉아 있을 때는 아무렇지 않았는데 말이다.

혼자 있을 때는 집이 엉망이라는 것을 알지 못했다. 하지만 은애 언니가 들어서자 집이 온통 난장판으로 보였다. 아니 실제 난장판이 었다. 싱크대 개수대에는 그릇과 컵이 쌓여 있었다. 집에서 나는 아무것도 하지 않았다. 하고 싶지 않았다. 어두컴컴한 곳에서 종일 잠을 자거나 영화를 보는 것이 유일한 일과였다. 오후가 되면 부원장에게 맡겨둔 학원에 나가기도 했다. 오랫동안 운영한 학원은 안정적이었지만 수익은 점차 줄고 있었다. 아무려나, 상관없다.

엄마가 돌아가시기 전에는 밤 열 시까지 강의를 했다. 더 많은 학생을 확보하기 위해 지역 신문에 광고를 내기도 했고, 전단지를 돌리기도 했다. 학원생이 늘수록 악착같이 매달렸으며 보상이라도 하듯 아파트 평수를 늘리고 자동차를 바꾸었다. 모든 상황이 좋았다. 하지만 엄마가 쇠약해지고 있다는 것은 몰랐다. 그녀가 단어를 자꾸 잊어버린다는 것을, 실수가 잦아졌다는 사실을 말이다. 엄마가 치매 진단을 받았을 때 나는 받아들일 수 없었다. 치매가 그렇게 갑작스럽게 올 수 있다는 말인가. 내가 검사 결과를 미심쩍어하자 의사는 차분히 관찰하지 않으면 몰랐을 것이라며 건조하게 말했다. 엄마는…… 정상이에요. 결국 엄마는 약을 먹게 되었다. 그 이후로 엄마는 그녀의 삶을 빠르게 잊었다. 아줌마는 누구요? 집에 좀 데려다줄라요? 엄마가 내 치맛단을 붙잡고 울먹였을 때 나는 그녀를 포기할 수밖에 없었다. 깔끔하고 정정했던 엄마는 딸들을 기억하지 못한 채 요양병원에서 마지막 몇 개월을 보냈다. 병원에서 그녀는 점차 퇴화되었다. 숨을 쉬는 것도 잊은 작년 겨울, 그녀는 아주 다른 세상으로 떠났다.

언니가 빠른 손놀림으로 콘솔 위 액자의 먼지를 걷어냈다. 엄마는 먼지를 뒤집어쓴 채 인상을 쓰고 있었다. 언니가 사진 속 엄마를 빤히 들여다보았다. 곧 그녀의 손가락이 엄마의 얼굴에서 어깨로 원피스 자락으로 이어졌다. 철쭉이 만발한 공원에서 엄마는 철쭉보다 더 화려한 자주색 원피스를 입고 있었다.

"사진이 너무 못나왔어."

"엄마가 좋아하는 사진이야. 엄마가 이 옷을 좋아했잖아."

"원피스를?"

"아니 자주색을."

그랬던가? 나의 기억은 언니의 기억과 교차되는 지점이 없다. 사실 나는 엄마의 취향에 대해서 잘 모른다. 화려한 옷을 즐기긴 했다. 엄마가 좋아했던 색은 붉은색이 아니었던가. 나는 기념일이 되면 붉은색 가방이나, 블라우스, 머플러를 선물했다. 엄마는 딸 덕에 호강한다며 활짝 웃었다. 생각해 보니 그것들을 입은 엄마 모습이 기억나지 않았다. 엄마뿐만 아니라 내 삶 전체가 띄엄띄엄 조각나 있는 듯 느껴졌다. 나는 항상 복잡한 상황에 놓여 있던 터라 차분히 다른 이를 생각할 겨를이 없다고 여겼는데 따져보니 그것도 아니다. 내 인생은 단조로움 그 자체다. 학원으로 출퇴근하는 것 외에는 어떤 일도 일어나지 않은 지루한 삶이었다.

언니가 커피를 내왔다. 커피에서 진한 나무 향이 난다고 느꼈는데 향은 커피가 아닌 은애 언니에게서 풍겼다. 그녀는 꽃 같다고는 할 수 없지만 단단하게 뿌리를 박은 나무처럼 안정감이 있었다.

커피도 마셨고……. 은애 언니가 또 말줄임표를 사용했다. 이제 그만 출발하자, 뒷말이 생략되었다. 문자로는 짜증이 일었는데 말을 꺼내 놓고 매듭을 짓지 못한 채 내 눈치를 살피는 언니를 보니 미안한 마음이 일었다.

"갑자기 명애 언니네는 왜 가자는 거야?"

"안 본 지 오래됐잖아. 오늘 같은 날 모이면 의미도 있고. 요즘 명애 언니 안 좋아."

명애 언니가 안 좋을 이유는 실연밖에 없다. 명애 언니의 실패한 연애사가 궁금했는데 딩동, 휴대폰 알람 소리가 울렸다. 남자가 보낸 문자였다. 그는 일주일에 한 번 자신이 본 영화 이야기의 간략한 줄거리와 감상을 보냈다. 그는 최근 일본 영화에 몰입하고 있었다. 그가 본 영화의 대부분은 너무나 사소한 것들이라 그러한 주제로 한 편의 영화가 만들어졌다는 것이 신기할 따름이었다. 안경이나 단팥빵, 바람, 차(茶) 등 아주 흔한 것들이 주요 소재로 등장했다. 나는 그가 본 영화를 일주일 정도 늦게 보았다. 영화 속 세상은 다양했다. 나는 다른 이의 삶을 엿보는 것에 점점 재미를 붙이고 있었다. 문자는 영화 모임 전체 회원에게 보내는 것이다. 다른 회원도 종종 영화 관련 문자를 보냈다. 남자의 문자는 전혀 특별하지 않았다. 하지만 그의 문자를 볼 때마다 답을 남기고 싶은 유혹에 빠졌다.

"연애하니?"

은애 언니의 목소리에 놀라 휴대폰을 거실 바닥에 떨어뜨렸다. 다행히 액정이 깨지지는 않았다. 연애? 내가 소리를 지르자 은애 언니가 말했다.

"너 그렇게 웃는 거 오랜만에 봐서. 보기 좋다."

"어서 출발하기나 해."

가자는 소리에 은애 언니가 반색했다. 잘 됐구나. 오랜만에 다 같이 모여 점심을 먹겠어. 은애 언니가 말끝을 흐리지 않고 정확하게 말했다. 말줄임표는 상대를 떠보려는 것이 아닌 그녀 나름의 배려인가? 상대에게 결정의 권한을 양보하려는 것이거나 충분히 생각할 시간을 주려는 의도인지도 모른다.

출발한 지 얼마 되지 않았는데 아랫배가 욱신거렸다. 커피를 마신 탓이다. 더구나 급히 나오느라 화장실에 다녀오는 것을 잊어버렸다. 몸이 뒤틀리고 다리가 꼬였다. 허벅지에 힘을 주며 버텼지만 안 되겠다 싶어 안전벨트를 풀고 신발까지 벗었다. 명애 언니네 도착하려면 이십 분은 족히 더 걸릴 것 같았다.

끼이익, 끽. 소리에 놀라 밖을 바라보았다. 옆 차선의 자동차가 끼어들면서 앞서 달리던 자동차가 급제동을 했다. 속도를 줄인 언니가 가속 페달을 밟자 몸이 앞으로 쏠리더니 팬티에 물컹하고 따뜻한 기운이 느껴졌다.

"언니, 우리 어디든 차 좀 세우자."

"지금? 왜?"

"숨을 ……못 쉬겠어."

"얼굴이 왜 그래?"

언니가 붉게 달아오른 내 얼굴을 보며 급히 차선을 변경해 길가에 정차했다. 나는 그녀의 물음에 대꾸도 없이 서둘러 내린 후 가까운 건물 안으로 들어갔다. 일 층 화장실은 문이 잠겨 있었다. 계단을 찾아 이 층으로 올라갔는데 마찬가지로 잠겨 있었다. 오줌이 샐까 뛰지도 못하고 종종걸음으로 옆 건물로 들어갔다. 그곳에서는 화장실을 찾을 수도 없었다. 어쩔 수 없이 밖으로 나와 구석진 곳을 찾았다. 인적이 드문 곳이라면 어디라도 괜찮을 것 같았다. 길을 따라 조금 걸으니 건물과 건물 사이 좁은 공간이 보였다. 쓰레기와 캔, 담배꽁초들이 어질러 있었지만 사람들의 눈을 피할 수 있는 곳이었다. 허둥지둥 들어가 바지를 내렸다. 엉덩이가 건물 벽에 닿자 오소소 소름이 돋았다. 나는 눈을 질끈 감았다. 졸졸졸, 졸졸졸. 아주 급했는데……. 팬티를 올리며 나는 땅속으로 스며드는 오줌을 바라보았다. 쓰레기 더미 사이 노란 민들레가 보였다. 괜히 눈물이 났다.

주위를 살피며 옷을 정리하는데 어느새 뒤따라온 은애 언니와 눈이 마주쳤다. 당황해 잠시 머뭇거리자 은애 언니가 엷게 웃었다. 이것 때문이었어? 옛날 생각난다. 우리 골목길에서 자주 오줌을 누곤 했잖아. 서로 망도 봐주고 말이야. 그랬던가? 우선 도망가자. 노상 방뇨 걸리면 너 벌금 내야 돼. 얼마를? 나도 모르지. 언니가 뛰기 시작했고 나도 언니를 따라 달렸다.

자동차에 오른 은애 언니가 서둘러 시동을 걸었다. 도시에서 대낮에 노상 방뇨라니……. 넌 애들 가르치는 선생님인데 걸리면 큰일이야. 그러게, 근데 참을 수가 없다니까. 오줌이 마렵다는 생각이 들면 온몸이 팽팽하게 긴장되면서 금방이라도 터질 것 같아. 단 일 분도 못 참겠어. 내가 앓는 소리를 하자 은애 언니가 고개를 끄덕였다.

"우리 식구가 원래 방광이 약해."

"언니도 그래?"

"화장실 자주 가는 편이지."

"명애 언니도?"

"응, 명애 언니도 맨날 병원 들락거리잖아. 요즘은 더 그렇고."

"방광 때문에?"

"……그건 아니고. 근데 넌 언제부터 그런 거야?"

글쎄, 젊은 시절부터 화장실에 자주 들락거리는 편이기는 했다. 그리고 스트레스가 심할 때, 긴장되거나 불안할 때는 더욱 악화되었다. 의사는 심리적 원인일 수도 있으니 마음을 편히 가지라고 거듭 강조했다. 하지만 어떻게 해야 편안한 마음을 가진단 말인가?

자동차가 외곽순환도로를 지났다. 구도심에 들어서니 공실이 많은 건물 때문인지 황량하게 느껴졌다. 좁은 길로 들어서 좌회전하자마자 낡은 모텔이 보였다. 유리가 깨진 슈퍼와 비둘기가 점령한 식당, 녹슨 열쇠가 굳게 채워진 노래방을 지났다. 은애 언니는 주차할 곳을 찾아 동네를 몇 바퀴 돌았다. 어쩔 수 없이 '외부인 주차 절대 금지' 플래카드를 걸어놓은 교회 앞에 자동차를 세웠다.

이혼과 실연으로 명애 언니의 상황은 나날이 나빠지고 있다. 그녀가 연애를 포기한다면 여기서 더 나빠질 일은 없을지도 모른다. 몇 년 전, 언니는 아파트가 아닌 한옥으로 이사를 했다. 언니네 집은 담이 너무 낮아 마음만 먹는다면 누구라도 금방 뛰어넘을 수 있을 것 같았다.

밖의 인기척을 느꼈는지 명애 언니가 뛰어나왔다. 그녀는 대문 앞에 우두커니 서 있는 나를 보며 눈물을 흘렸다.

"막내야, 오랜만이구나."

그녀가 양팔을 벌려 나를 안았지만 나는 그녀의 손길을 피해 뒤로 물러났다. 명애 언니는 아랑곳하지 않고 내 손을 끌었다. 몇 달 사이 언니의 머리는 반백이 되어 있었다. 흰머리 노파가 되어서도 언니는 연애를 꿈꾸는 것일까?

마당으로 들어서자 시든 국화 줄기가 꺾인 채로 쓰러져 있었다. 줄기를 곧추세우려 했는데 생각대로 되지 않았다. 가을에 예쁜 꽃을 보려면 줄기를 살려야 했다. 줄기를 묶을 만한 끈을 찾아 두리번거리니 명애 언니가 뭘 찾는지 물었다. 국화, 저대로 두면 안 돼. 생명력이 있다면 스스로 살아나겠지. 그냥 두면 죽어. 죽는단 말이야. 내가 목소리를 높이자 명애 언니가 노끈을 들고 왔다. 나는 쓰러진 국화가 발에 밟히지 않도록 줄기를 세워 담벼락에 기대어 놓았다. 가을이 되면 탐스럽게 꽃을 피워 사람들의 마음을 얻을 수 있도록 말이다.

국화 옆 오동나무는 잘 자라고 있었다. 나는 시든 잎 몇 장만을 골랐다. 오동나무 아래 작은 연못에서는 시큼한 냄새가 올라왔다. 고인 물에 나뭇잎이 썩어가고 있었다. 화분도 많았는데 대부분 깨진 것들이었다. 유일하게 금전수만이 고개를 빳빳이 들고 있었다. 금전수는 햇볕을 잘 받은 쪽의 줄기만 풍성했고 그늘 쪽 줄기는 약해진 채 노랗게 시들어가고 있었다. 건강한 줄기는 빛을 더욱 탐하며 남쪽으로 고개를 내밀었다. 골고루 빛을 나눠야지. 나는 화분을 돌려놓았다. 금전수를 일별하며 거실로 오르자 기름 냄새가 진동했다. 아침부터 부산을 떤 모양이다.

"엄마 생일이라고 이렇게 많이 차린 거야?"

"돌아가시고 첫 생일이잖아. 어서 먹어라. 간이 잘 됐나 모르겠다."

가까이 보니 명애 언니 피부는 여전히 건강했다. 흰 피부에 다홍빛 립스틱이 잘 어울렸다.

"언니만 꾸미지 말고 식물에도 관심을 좀 줘. 다 죽게 생겼어."

"언니, 립스틱 예쁘다. 희애도 잘 어울리겠어."

은애 언니가 불쑥 끼어들었다. 명애 언니의 립스틱. 사춘기 때 나는 명애 언니의 화장품을 자주 훔쳤다. 명애 언니가 내 립스틱 어쨌느냐고, 당장 내놓으라고 은애 언니를 잡을 때면 슬며시 고개를 돌렸다. 나는 수시로 명애 언니의 물건에 눈독을 들였으며 훔친 립스틱이나 향수를 가방에 숨겼다. 훔치긴 했지만 들킬까 봐 제대로 쓰지도 못했다. 희애가 원래 내 것을 좋아했지. 갈 때 챙겨줄게. 나는 놀란 얼굴로 두 언니를 번갈아 바라보았다. 다들 알고 있었단 말인가.

"우선 점심부터 먹자."

아침부터 약과 커피 외에는 먹은 게 없어 입에 침이 고였다. 음식 앞에서 나는 완전히 무장해제 된 채 부지런히 그릇을 비웠다.

"술도 할래?"

명애 언니가 냉장고 쪽으로 다가가자 은애 언니가 내게 조용히 물었다.

"너 괜찮겠어?"

당연히 괜찮다. 나는 한 번도 술을 거절한 적이 없다. 셋의 유일한 공통점이라면 엄마를 닮아 술을 무척 좋아한다는 것이다. 우리는 술이 건강에 얼마나 해로운지에 대해 한참을 이야기했지만 이미 잔 가득 소주를 따랐다. 기분이 올라온 셋은 말이 많아졌다. 명애 언니가 훌쩍거리며 말했다.

"왜 멀어진 건지 모르겠다."

"언니 때문이지."

"나?"

"맞아, 명애 언니."

"오, 막내야. 뭣 때문에 화가 난 건지 모르지만 이해해다오."

나는 몸에서 힘이 쭉 빠지는 걸 느꼈다. 제대로 따져 보겠다고 다짐했는데 명애 언니의 다급한 화해에 속수무책으로 당하고 있었다. 엄마는 언니가 결혼을 너무 많이 했다고 부끄러워했지. 성이 다른 자식이 셋이나 있다는 것이 말이 되느냐며 한탄하기도 했어. 나는 말이야, 부끄러운 자식은 아니었어. 아무 말이나 막 퍼붓고 싶었는데 타이밍을 잡지 못해 머릿속에 되뇌고만 있었다.

"생일상 준비하는데 기분이 이상했어. 엄마가 돌아가신 게 아직도 실감이 안 나."

"엄마는 돌아가셔서도 언니 덕에 호강하네. 희애야, 너도 오랫동안 엄마 모시느라 고생 많았어."

"은애 네가 고생이 심했지. 막내야 학원 때문에 시간을 낼 수 있기나 했어? 틈틈이 희애네 가서 청소하고 엄마 식사 챙기고 병원 모시고 다니고 그랬잖아."

나는 소주 두 잔을 연거푸 들이켰다. 그리고 헤실헤실 웃고 있는 명애 언니에게 소리를 질렀다.

"명애 언니가 제일 편했지. 엄마가 언니 때문에 속을 많이 썩었어. 나도 그래. 언니가 내 연애를 망쳤으니까."

"내가?"

어떻게 설명할 수 있을까? 내가 오래 마음을 주었던 사람은 나의 첫 번째 형부가 되었다. 명애 언니는 그 사람과 고작 일 년을 살았다.

내가 인연을 맺고 싶었던 사람들은 죄다 명애 언니에게 시선이 닿아 있었다. 명애 언니의 연애를 훼방을 놓기도 했지만 언니의 연애는 늘 성공적이었다.

"넌 원래 비혼주의자였잖아."

비혼주의자라니? 연애가 뜻대로 되지 않아 혼자 사는 것이 낫겠다는 말을 하긴 했다. 하지만 그렇게 시간이 흘러버릴 것이라고는 생각하지 못했다. 오십이 넘은 나이에도 혼자일 것이라고는.

"막내가 결혼을 안 한 것은 안타깝지."

"내가 결혼을 어떻게 해? 연애도 못 했는데. 난 섹스도 한 번 못 했어. 그렇게 폐경이 됐다고."

언니들이 뜨악한 얼굴로 나를 바라보았다. 나도 내 입에서 섹스라는 단어가 그렇게 쉽게 튀어나올지 몰랐다. 섹스라는 말을 듣는 것만으로도 얼굴이 화끈거렸는데 막상 꺼내고 나니 아무것도 아니다. 그래, 섹스 말이야. 섹스.

정적이 흘렀다. 이런 순간이 제일 싫다. 상황을 어떻게 수습할까 싶었는데 우선 소변이 급했다. 그러고 보니 명애 언니네 도착한 이후에는 한 번도 화장실을 가지 않았다. 술까지 마셨는데도 말이다. 요도 통증도 아랫배의 불편함도 없다. 언니들의 시선이 꽂혔지만 에라, 모르겠다 싶었다. 뱉어 낸 말을 수습할 수도 없으니 우선 자리를 뜨는 것이 좋을 것 같았다.

변기에 앉자마자 콸콸 오줌이 쏟아졌다. 끊임없이 나를 괴롭히던, 방광 속 숨어 있던 잔뇨까지 쑥 빠지는 느낌이었다. 시원하게 배설하니 몸이 가벼워졌다. 손을 씻으며 거울을 보았다. 볼이 발그레해서인지 생기가 돌았다. 사각 턱에 튀어나온 광대뼈로 차가운 인상이라지만 오십이 넘은 여자로는 보이지는 않았다. 귀엽다거나 예쁘다거나 여성스럽다거나 그런 말은 들은 적 없다. 그래도 나이에 비해 어려 보인다는 말은 많이 들었다. 나는 섹스라는 단어를 곱씹으며 휴대폰을 열어 그가 보낸 문자를 여러 번 읽었다.

화장실에서 나오자 명애 언니가 아주 안 됐다는 표정으로 나를 바라보았다. 정말이니? 그래서 네가 그렇게 빨리 늙어버렸구나. 그녀가 쐐기를 박듯 말했고 은애 언니가 가만히 고개를 끄덕였다.

명애 언니가 내 손을 붙들고 사랑을 하려면 얼마나 노력이 필요한지 설명했다. 가만히 있으면 연애가 되겠어? 주변을 살펴 좋은 남자가 있는지 봐야지. 그리고 네 감정을 숨기지 말아야 돼. 나는 사랑이 좋더라. 설레기도 하고, 떨리기도 하고. 그런 것들이 없으면 인생이 지루하잖아. 사랑에 대한 설교를 마친 명애 언니가 잠시 머뭇거리더니 담담히 말했다.

"내가 암이라는구나."

이건 또 무슨 소리인가? 당황한 나는 명애 언니 곁으로 바짝 붙었다. 정말이야? 확실한 거야? 다급히 물으니 명애 언니가 가만히 고개를 끄덕였다. 은애 언니는 알고 있었던 것인지 놀란 눈치는 아니었다.

"유방암이래. 정확한 상태는 모르고, 정밀 검사 결과를 기다리고 있어."

하필 암이라니. 나는 암의 고통을 누구보다 잘 안다. 전립선암으로 세상을 떠난 아버지는 통증으로 잠을 이루지 못한 날이 많았다. 식은 땀을 흘리며 부은 다리를 망연히 바라보던 아버지. 짜증이 늘어가는 아버지를 돌보던 엄마도 점점 말라갔다. 집 안에 환자가 둘이 되었다. 명애 언니가 통증을 참아낼 수 있을지 걱정되었다. 통증이 시작되면 언니의 감정까지 사라질지 모른다. 암은 영혼까지 털어버리는 병이니까 말이다. 너희들도 조심해. 언니의 경고에 나는 암이 전염이라도 되는 것처럼 명애 언니에게서 떨어졌다. 핏줄이니 조심해야지. 은애 언니가 물기 묻은 목소리로 말했다.

"애들아, 나 결과 나오기 전에 보성에 가고 싶어."

"보성에 누가 있는데?"

"승호가 거기 산다더라. 너희들도 알지 않니? 우리 동네 살았던 승호. 걔가 내 첫사랑이었다."

암에 걸린 사람의 소원이 첫사랑을 만나는 것이라니. 은애 언니가 명애 언니를 보며 눈을 흘겼고, 나는 헛웃음이 나왔다.

"아픈 건 아픈 거고, 그리운 건 그리운 거지."

명애 언니의 부탁으로 우리는 보성에 갈 계획을 세웠다. 나는 반드시 셋이 갈 필요는 없다고 말했고, 은애 언니는 셋이 아니라면 의미가 없다고 했다. 명애 언니는 보성에 갈 수만 있다면 뭐든 좋다는 분위기였다.

"근데 언니의 사랑은 왜 짧게 끝나는 거야?"

이왕 이렇게 된 거 나는 명애 언니에게 이것저것 물었다. 말문이 트이니 그동안 묻지 못했던 궁금증이 한꺼번에 일었다. 명애 언니가 고개를 갸웃거리며 아무렇지 않게 말했다.

"사랑이 변하더라. 쉽게 말이야."

"그런 줄 알면서도 계속 연애를 하는 거야?"

"사랑을 할 땐 머리 쓸 필요가 없어. 사람과의 관계는 결국 거래잖아. 어떤 것을 줄지, 난 또 무엇을 얻을지 끊임없이 고민하게 돼. 근데 마음껏 줄 수 있는 상대를 만나면 손해나 이익을 따지지 않아도 되거든. 그냥 주고 싶으니까. 상대가 행복하다면 나도 행복하니까. 물론 사랑이 시들어질 때면 슬그머니 저울질이 시작되지만 말이야."

정말 그런 걸까? 우리는 시간 가는 줄 모르고 술을 마셨다. 때때로 햇살이 식탁 깊숙이 밀고 들어와 우리 셋을 품었다. 햇살을 받은 명애 언니는 아픈 사람으로 보이지 않았고, 술에 취해 볼이 빨개진 은애 언니는 별것 아닌 이야기에도 호들갑을 떨었다. 그런 언니들을 보고 있자니 괜히 마음이 들떴다. 나는 급히 잔을 비운 후 남자가 보낸 문자를 다시 읽었다. 남자는 누군가의 대답을 간절히 기다리고 있는지도 모른다. 답을 해 주고 싶었다. 우선 좋은 글이라고, 영화 꼭 보겠다고 썼다. 뭔가 더 좋은 문구를 고민했지만 떠오르지 않았다. 글을 쓰고도 전송할지 말지 고민하다 눈을 감고 보내기 버튼을 눌렀다. 지금이 아니라면 영원히 보내지 못할 것 같았다. 휴, 들고 있던 휴대폰을 조심히 내려놓았다. 가슴이 두근거렸다. 남자에게 답장이 올까?

술을 마시는 중 우리는 라면을 끓이기도 했고, 치킨을 주문하기도 했다. 술이 부족해 막내인 내가 슬리퍼를 끌고 슈퍼에 다녀오기도 했다. 명애 언니는 끊임없이 남자 이야기를 했고, 은애 언니는 가족에 대해 말했으며 나는 사랑이 궁금했다. 승호가 키가 되게 컸잖니? 언닌 원래 바람둥이었어. 우린 피붙이야. 사랑에도 밀당이 필요한 거 아냐? 그렇게 각자 다른 소리를 하며 늦은 시간까지 함께했다.

마루에 앉아 있으니 별이 보였다. 밤이 깊어질수록 별은 더욱 빛났고 술에 취한 언니들은 웃음이 많아졌다. 언니들은 서로 닮았다. 어릴 적에는 셋 모두 얼굴이 제각각이라는 말을 들었으나 나이가 들면서 닮았다는 소리를 듣곤 했다. 가만 보니 언니들 역시 나 못지않게 화장실을 들락거렸다. 명애 언니가 화장실로 달려가면 은애 언니가 다급한 표정으로 발을 동동거렸다. 물론 나도 마찬가지였다. 하지만 나를 괴롭히던 찜찜한 느낌과 통증은 사라졌다. 그것만으로도 편안한 밤이 될 것 같았다.

# 죽음에 대하여

송민우_ 문학평론가

## 1.

발터 벤야민은 1930년 발표한 서평 「소설의 위기」에서 이렇게 쓴 바 있다. "인생(Das Dasein)은 서사의 관점에서 볼 때 바다와 같다." 알프레드 되블린의 소설 『베를린 알렉산더 광장』에 대해 평가한 이 서평은 특정 작품에 대한 평가를 넘어서 소설이라는 장르 일반에 대해 정의를 하고 있다. 인생은 바다와 같다는 벤야민의 비유는 자칫 진부하게 느껴지지만 우리는 그가 서사의 관점에서 그러하다고 부연한 사실을 잊어서는 안 된다. 벤야민이 강조한 인생은 바다라는 비유는 누구에게나 인생은 험난하고 위협적이라는 뜻을 전하기 위해 쓴 것이 아니라 사람들이 바다와 맺는 다양한 관계를 강조하기 위해 쓴 것이다.

그렇다면 사람들이 바다와 어떤 관계를 맺는다는 것인가. "사람들은 바다와 매우 다양한 관계를 가질 수 있다. 예를 들어 해변에 누워 있거나, 파도 소리에 귀를 기울이거나 파도가 쓸어 오는 조개들을 주

울 수도 있다. (……) 사람들은 바다를 항해할 수도 있다. 여러 목적으로 항해하거나 아무 목적 없이 항해할 수도 있다." 목적성을 띠는 것이건 무목적성을 띠는 것이건 소설가는 "귀를 기울이고 꿈을 꾸고 뭔가를 수집한다."[1] 즉 사람들은 바다를 둘러싸고 저마다 어떤 행위를 하고 소설가는 그들의 목적성 혹은 무목적성을 탈각한 채 무언가를 기록한다.

더 나아가 벤야민은 소설에서 고독한 개인이 중요하다고 말하지만, 이는 벤야민이 아니더라도 근대 이후 여러 이론가가 언급한 이야기다. 그러나 "이 개인은 자신의 가장 중요한 관심사를 더 이상 모범적인 예로서 표현할 줄도 모르고, 조언을 받지도 않았으며 또 조언을 해줄 줄도 모르는 개인이다."라는 그의 설명은 게오르그 루카치로 대표되는 리얼리즘 소설론이 주장하는 개인의 개념과 차이가 있다. "소설을 쓴다는 것은 인간의 삶을 서술할 때 타인과 공유할 수 없는 고유한 것(das Inkommensurable)을 극단으로 끌고간다는 것을 뜻한다." 벤야민이 말하는 개인이란 결국 공유 불가능한 내면성의 다른 이름이다. 따라서 그의 정의를 따른다면 소설을 읽는 행위는 자연스럽게 "내적인 인간의 위험한 침묵에 기여"[2]하는 일이 될 수밖에 없다.

독자는 소설가의 고유한 것을 최초로 목격한 존재이자 그의 극단성에 기꺼이 동참하는 존재다. 그리고 독자의 범주에는 한 소설가의 책의 해설을 쓰기로 결심한 비평가도 포함된다. 해설을 쓰는 비평가

---

1) 발터 벤야민, 『서사·기억·비평의 자리』, 최성만 옮김, 길, 2012, 491쪽.
2) 발터 벤야민, 같은 책, 492쪽.

는 달리 말해 아직 공개되지 않은 책에 공식적으로 기여하는 첫 번째 독자다. 어떤 소설을 읽는다는 것은 텍스트라는 하나의 사건에 무방비하게 노출되고 겪는 일이다.


2.

김미용의 소설집 『모텔, 파라다이스』에는 두 가지 소설적 경향이 존재한다. 리얼리즘과 모더니즘의 경향이 그것으로 그 두 가지 경향이 작품에 따라 다르게 드러난다. 리얼리즘 소설에서 중요한 것은 무엇보다 전형성이다. 인물이 전형성의 옷을 입으면 그 인물은 흔하게 보일지는 몰라도 누구도 모를 수 없는 대표성을 띠게 된다. 모더니즘 소설에서 중요한 것은 모호성이다. 인물은 물론이고 언어, 배경, 사건 모두 독자에게 혼란을 준다. 바로 그 모호함 때문에. 벤야민의 취지에 벗어나 다소 오류를 무릅쓰고서라도 말하자면, 앞서 목적성 혹은 무목적성을 탈각한 채 기록하는 소설가의 일이란 리얼리즘과 모더니즘이 하는 일과 다르지 않다. 리얼리즘과 모더니즘이 극단으로 가면 결국 각각 목적성과 무목적성이라는 문 앞에 서게 될 것이다.

그런데 이 소설집에는 두 가지 경향의 편재를 초월하는 일관된 보편성이 존재한다. 그것은 주제에 관한 보편성으로 어느 단편을 살펴보더라도 죽음을 떠올리지 않을 수 없다. 얼핏 죽음과 가장 거리가 멀어 보이는 「폭설」 속 아내의 실종 사건은 텍스트 내에서 죽음과 동일하게 취급된다. 왜냐하면 작품이 끝날 때까지 아내의 자발적이고 갑작스러운 실종은 해결되지 않기 때문이다. 아내의 발화는 기껏해야 화자 '나'의 과거 회상에서 스치듯 지나갈 뿐이고 '나'와 대학 동창 '박'이 아내에 대해 언급하는 발화들이 아내의 부재를 대신 증명할 뿐이다.

「세 여자」, 「손」, 「모텔, 파라다이스」는 가까운 이들의 죽음 혹은 노년이 된 자신들이 앞두고 있는 죽음을 직접적으로 드러낸다. 「새는 없다」와 「그 여름, 매미」의 경우에는 각각 전 남편과 이혼하고 다른 남자와 재혼한 '나'와 경제적 위기 상태에 놓인 기러기 아빠 '상규'가 등장하는데 이들 모두는 심리적 죽음 상태에 놓여 있다. 서사는 처음과 끝, 그 지점을 인위적으로 설정할 수 있다는 점에서 현실과 다르다. 김미용은 서사의 끝 지점에 거의 언제나 죽음을 기입한다.

아직 언급하지 않은 이 외의 단편에서도 마찬가지다. 작품 속 죽음이 정신분석학에서 말하는 충동의 문제와 가까워 보이는 것도 있고 멀어 보이는 것도 있다. 일찍이 프로이트가 살아 있는 존재에게는 살고자 하는 충동 못지않게 죽고자 하는 충동이 있음을 밝힌 이후 기이하게 보일 수 있는 예술 작품의 죽음을 이해하는 일이 어렵지 않게 되었는데, 김미용의 소설집에서 다뤄지는 죽음은 삶의 이치에 순응하는 일이자 죽음 충동의 문제로 환원된다. 즉 이 소설집에는 죽음에 관한 두 가지 양태가 편재해 있다. 이 점을 의식하며 우선 두 편의 작품을 살펴보자.

3.

「폭설」과 「새는 없다」 이 두 작품은 정신분석학적인 관점에서 해석할 여지가 있다. 「폭설」은 '나'가 어느 날 휴식을 하고 싶다는 말만 적어두고 떠난 아내의 메모를 떠올리는 장면으로부터 시작한다. 서두에서 알 수 있는 것은 아내의 자발적인 실종 당일은 기록적인 폭설로 피해 상황이 뉴스에 지속적으로 보도되고 있던 여러 날 중 하나라는 것이다. 폭설 때문에 할 수 있는 것은 거의 없고 기상전문가와 재난정보센터 관계자의 말 역시 아무 도움이 되지 못한다. "각별히 조심하라는 당부뿐, 별다른 묘책은 없어 보였다." 끝나지 않을 것처럼 내리는 눈을 보며 "불길한 징조"(81쪽)를 느끼는 '나'의 상태는 전형적이다. '나'는 폭설에 아무것도 하지 못하는 시민들과 마찬가지로 아내의 실종에 대해 아무것도 하지 못하며 그러한 곤란함에 빠져 있다는 사실 때문에 불안을 느끼고 있다. 또한 '나'는 아내의 실종에 대해서뿐만 아니라 자신의 경제적 곤궁함에 대해서도 별다른 대책을 갖고 있지 못하다.

'나'는 "영업 실적으로 극심한 스트레스"(82쪽)를 받고 있는 상태인데 그것은 경제적 침체라는 어쩔 수 없는 외부적 요인 때문이기도 하지만 '나'는 자신의 능력으로 그 상황을 벗어나지 못했다는 자책감, 즉 내부적 요인에 사로잡혀 있기 때문이기도 하다. 대학 졸업 후 여러 신문사를 지원했으나 낙방을 했던 '나'는 지금은 잘 나가고 있는 박의 손길을 한때 외면했는데 스스로 "훨씬 더 나은 인생이 있을 거라 의심치 않았기 때문"이다. 이토록 자신의 능력을 확신하는 유형의 인간이므로 이후 안정된 삶을 추구하기 위해 다시 박을 찾았을 때 "어쩔 수 없이 박을 찾았다."(83쪽)고 말하거나 자신의 갑작스러운 연락 때문에 혹여나 그가 서운한 감정을 느끼는 것은 아닌지 눈치를 살피는 것도 더 나은 인생을 쟁취할 수 있을 거라는 확신에서 여전히 벗어나지 못했기 때문이다. '나'는 누군가의 도움을 받고 싶어 하지 않는다. 하지만 '나'는 도움을 받지 않을 수 없으므로 패배감을 느끼지 않으려 애쓸 뿐이다. 게다가 박이 아내의 대학 시절 연인이었다는 사실 또한 패배감을 느끼게 하는 요인이 된다. 그래서 '나'와 박 사이에 관계의 묘한 긴장감이 형성되는 다음 장면들은 다시 살펴볼 필요가 있다.

"넌 운이 좋아."

"운? 글쎄, 이렇게 사는 것이 운이 좋은 건지 모르겠다. 젊었을 땐 신념을 위해 사는 것이 최고라고 생각했어. 그땐 목표가 분명했으니까. 지금은…… **왠지 허전하다. 난 가족도 없잖아.**"

박이 작게 웃었다. 연거푸 술을 마시는 박의 처진 어깨를 보자 **왠지 모를 안도감이 들었다.**(85쪽, 강조는 인용자)

"그런데 정희는 어디로 떠난 거야, 이런 날?"

나는 이런저런 생각으로 머리가 복잡했다. 박은 어떻게 우리 집을 알고 왔을까. 도로 상황이 좋지 않을 텐데 나를 찾아온 이유가 무엇일지 궁금했다. 시치미를 떼고 있지만 박은 아내의 가출을 알고 있는 것인가. 아니지. 가출은 아니다. 분명 아내는 머리를 식히려 한다고 했으니까 말이다. 정확한 거처를 알려주지 않았을 뿐이다.

나는 박이 건넨 소주 두 잔을 거푸 마신 후 박에게 따지듯 물었다.

**"혹시 최근 아내를 만났니?"**(97쪽, 강조는 인용자)

　아직 결혼하지 않아 허전하다는 박의 진술을 두고 '나'가 안도감을 왜 느꼈는지 알기란 어렵지 않다. 자신에게 존재하나 상대에게 부재하는 것, 즉 아내의 존재 유무. 이때의 아내란 '나'의 현재 아내이자 박의 과거 연인, 즉 정희를 지시한다. '나'는 그 순간 분명 승리감을 느꼈다. 그런데 시간이 지난 어느 날 '나'의 집을 갑자기 찾은 박의 입에서 다시 한번 아내의 이름이 언급됐을 때, 그러니까 아내가 여전히 실종 상태였으므로 '나'에게는 한 가지 의심이 생길 수밖에 없다. 어쩌면 아내의 실종과 박의 갑작스러운 방문에는 어떤 상관관계가 있는 것이 아닌가 하는 의심. 따라서 '나'가 따지듯 최근 아내를 만났느냐고 묻는 것은 매우 자연스럽다.

　하지만 이 소설은 이에 대해 명확한 해결책을 제시하지 않는다. 이유는 간단하다. 「폭설」은 추리 서사의 문법을 따르는 유형의 텍스트가 아니기 때문이다. 때문에 이 소설이 문제에 대한 해결을 제시하지 않는다고 지적하는 것은 정당하지 않다. 이 소설의 목적은 문제 해결과는 거리가 멀다. 그럼 무엇이 목적일까.

　이 소설의 마지막 장면을 통해 추론할 수 있다. 여전히 폭설이 내리고 아내는 돌아오지 않는다. '나'는 "고립, 사망, 사고와 같은 불길한 단어"(98쪽)을 떠올리며 바깥의 사나운 풍경과는 대조적으로 식물로 가득한 온화한 아내의 방 침대에 눕는다. 불면에 시달린 '나'가 아내의 침대에서는 왠지 모르게 잠을 잘 수 있을 것 같다는 진술에서 느껴지는 것은 불안이다. 다시는 깨어나지 못할 사람의 마지막을 그리듯 꿈속으로 빠져드는 일을 마지막 문장으로 배치한 것에 의도가 없다고 보기 어렵다. '나'는 그 어떤 해결책도 갖지 못한다. 할 수 있는 것은 무한한 기다림일 뿐이다. 그래서 선택할 수 있는 것은 상징적 죽음의 상태일 수밖에 없다.

「새는 없다」는 「폭설」의 아내가 다른 가능세계에서 살아가는 이야기로 생각될 정도로 유사성이 존재한다. 「새는 없다」는 재혼 여성 '나'가 방치된 붉은 화분에 자리한 식물의 줄기와 잎을 유심히 살펴보는 장면으로 시작한다. 빛을 받은 쪽의 잎과 줄기는 튼실하지만 빛을 받지 못한 쪽의 잎과 줄기는 시들어가고 있음을 보여주는 것은 '나'의 결혼 생활이 순탄하지 않음을 분명 비유적으로 보여주는 것이라고 할 수 있다. 「폭설」에서 전혀 드러나지 않은 아내의 이야기를 변주한 텍스트가 「새는 없다」라고 보는 것은 다소 흥미로운 접근이 될 수 있으리라 생각한다.

'나'는 전 남편과 이혼하면서 6인용 식탁 하나만 겨우 챙겨 다른 남자와 새 가정을 꾸린다. 하지만 두 번째 남편은 매우 폭력적인 남성이고 '나'는 일상을 견뎌내고 있다. 이 집안에는 남편이 어디선가 얻어온 앵무새 한 마리가 있다. 이 소설은 앵무새를 매개로 여성 스릴러의 가능성을 선보인다. '나'에게 식사 시간은 제의(祭儀)와 같다. 신성한 제의를 방해하는 것은 남편과 아들의 싸움이다. 식탁을 두고 펼쳐지는 다툼은 '나'에게는 이미 익숙한 풍경이다.

남편은 물건을 던졌고 나는 치웠다. 그것은 둘 모두에게 필요한 행동이었지만 따지고 보면 아무 짝에도 쓸모없는 일이었다. 그것은 일종의 우리들의 존재 방식이었다. 그것으로 서로의 존재를 필요로 하고 있었다. 나는 커피를 쩝쩝거리며 마시는 남편을 바라보았다. 남편과 나는 게임을 하고 있다. 먼저 지쳐 나가떨어지는 사람이 지는 게임이다. 남편은 아직 나를 잘 모른다. 난 쉽게 지치지 않는다. (65~66쪽)

　남편의 분노는 물건을 던지는 버릇으로 이어진다. 남편이 그렇게 물건을 아무 데나 던지면 그것을 치우는 것은 '나'의 몫이다. 그리고 그런 반복적인 일을 두고 그것이 "우리들의 존재 방식"이고 한 사람이 던지고 다른 한 사람이 정리하는 이 불공평한 일을 게임이라 여기는 '나'의 심리는 해석을 요청한다. '나'는 수치심을 느끼고 있다. 슬픔과 분노가 결합된 수치심은 우선 역으로 결합되기 이전의 두 감정을 사유하게 한다. '나'는 두 번째 남편과의 결혼을 다른 누구도 아닌 자신의 선택이었음을 부정하지 않는다. 하지만 그 선택이 온전히 '나'의 잘못이라고 말할 수 없다. 그러나 그 선택에서 슬픔을 느끼는 것까지 막을 수는 없다. 이미 결과는 주어졌고 자신은 결과의 일부를 감당해야 한다. 그래서 동시에 '나'는 분노를 느낀다. 이 분노는 부당함과 크게 다르지 않다고 봐도 좋다. 비록 자신이 현재의 폭력적인 남편과의 결혼을 선택한 것은 맞지만 결혼 전에는 분명 달랐던 이 남성의 성격을 어떻게 예측할 수나 있었겠는가.
　'나'는 수치심 속에서 이 현실을 하나의 게임으로 여길 수밖에 없다. 표면적으로는 '나'는 자신과 남편의 관계를 공정한 게임으로 정의하는 듯 보이지만 그렇지 않다. 장애가 있는 남편보다 신체적으로 우월한 상황에 놓여 있음을 부정하지 않는 '나'의 태도는 오히려 수치심을 얼마나 강하게 느끼고 있는지를 짐작하게 한다. '나'에게 두 번째 결혼 생활은 이미 자신이 패배자로 설정된 게임을 하는 것과 같다. 그리고 '나'는 결정된 게임의 결과를 위장하고 있다.

> 손아귀에서 빠져나간 새가 작은 새장을 빙빙 돌았다. 방심한 것은 아니었다. 한 번에 놈의 숨통을 끊어 놓는다면 재미없다. 나는 놈을 죽이지 않을 것이다. 천천히, 천천히 길들일 것이다. 새는 매일 내가 준 모이와 물을 먹는다. 그런데도 새는 내게 날카로운 발톱을 세우고 있다. 내가 챙기지 않는다면 새는 곧 죽을 것이다. 작은 새장을 지키는 새와 삼십 평이 조금 넘는 아파트를 지키는 남편. 주인 행세를 하지만 둘은 내 보호 아래 있다.(67쪽)

'나'는 남편이 데리고 온 앵무새의 생사를 자신이 결정할 수 있다고 믿는다. 인용문을 통해 알 수 있듯이 앵무새는 곧 남편이다. 앵무새를 대하는 '나'의 잔혹함은 그러나 죽이는 일로 이어지지 않는다. 이 소설의 결말에서 마주하게 되는 것은 결국 남편으로 상징되는 앵무새조차 죽이지 못하는 한 여성의 무력감이다. 무엇보다 남편에게는 그 어떤 잔혹성조차 드러내지 못한다. 이 무력감은 학습된 결과다. "섬세하고 착한 사람"이라 생각했던 첫 번째 남편조차 폭력적이었고 '나'는 "전 남편이 여자 문제로 이혼을 요구하지 않았더라면" 여전히 폭력을 견

디며 살았을 것이다. "주인에게 얌전하게 길들여진 새가 되고 싶"(70
쪽)었던 '나'는 새장으로 상징되는 보호의 장소, 「폭설」에 등장한 비현
실적으로 치장된 아내의 방과 같은 안온한 장소가 필요했을 것이다.
앞의 두 작품을 나란히 두었을 때 독자로서 마주하게 되는 것은 남성
성에 대한 역사적이고 구조적으로 형성된 여성의 무기력과 그것을 넘
어서는 대항 방식의 부재다.


4.


그래서 그런 것일까. 「세 여자」, 「손」, 「친밀한 가족」, 「모텔, 파라다
이스」 등 이 소설집에는 비록 차이는 존재하나 여성들 간의 연대 의식
이 느껴지는 작품들이 한편에 배치되어 있다. 「세 여자」는 친모의 사
십구재를 두고 진자 이모와 갈등하는 한 여성의 이야기로 읽힌다. '나'
는 친모에 대한 나쁜 감정이 있다. 친모는 '나'의 어린 시절 집을 떠나
살았다. '나'는 친모를 "이름만 엄마일 뿐"이라거나 "책임감이라고는
없는 천박한 여자"라고 말할 정도로 싫어하지만, 진자 이모는 "다들
그렇게 사는 거 아"(107쪽)니냐며 옹호한다. 친모의 무책임함이 자신
과 이모 모두에게 영향을 주었으므로 '나'의 입장에서 진자 이모가 자
신의 친모의 편을 드는 듯한 모습을 이해할 수 없다. 그렇지만 '나'는
끝내 진자 이모의 제안에 응하며 친모의 사십구재를 진행하기로 하는
데 "이제 혈육은 우리 둘뿐"(117쪽)이라는 사실에 실감했기 때문으로
보인다. '나'와 진자 이모의 갈등이 혈육이라는 끈질긴 조건에 의해 봉

합되는 것은 결국 사람은 혼자 살아갈 수 없다는 생각 때문이다. 세대를 초월한 여성 간의 돌봄이 드러나는 작품 중 하나다.

「손」은 어느 날 '나'에게 고교 시절 동창 덕희가 친부의 부고 소식을 전하는 것을 계기로 오랜만에 만나는 이야기인데, '나'는 덕희뿐 아니라 이국적인 이름을 가졌다고 여긴 적 있는 해리라는 동창도 함께 만나기로 한다. '나'에게 해리가 유난히 특별하게 기억되는 이유는 "희정이나 수정과 같은 '정'자 돌림이나 현주나 은주 같은 '주'자 돌림이 많던 시절"(152쪽)에 해리라는 이름은 우아한 분위기를 자아내기 충분했기 때문이다. 때문에 '나'가 과거를 회상하는 과정에서 해리의 외형을 떠올리게 되는 것은 우연이 아니다. 흰 피부, 가느다란 팔과 다리, 브랜드 로고가 박힌 셔츠, 발목 위까지 올린 흰 양말. 그리고 클라리넷 연주 실력까지. 해리는 "자신의 특권을 미움받지 않는 선에서 적당히 즐길 줄 아는 친구"(153쪽)로 기억되고 있다. '나'는 고교 시절 해리의 집에 자주 드나들며 "다른 세상에 있는 것 같"은 느낌을 받곤 했는데 이는 해리에 대한 선망이 있었기 때문이고 그것은 "어른이 되면 나도 저렇게 살아야지"(163쪽)라는 구체적 다짐으로 이어진다. 그런데 오랜 시간이 지나, 특히 해리로 대표되는 우아함은 나이가 든 해리가 췌장암 환자가 되었다는 사실 앞에서 사라진다.

덕희의 친부뿐 아니라 자신의 친부도 곧 세상을 떠나고 해리 또한 병세가 악화되었음을 짐작할 수 있는 대목 앞에서 두드러지는 것은 죽음을 대하는 작가의 초연함이다. 「친밀한 가족」에서도 전립선암으로 고생을 하다 떠난 친부와 그런 친부를 돌보다 함께 건강이 악화된 친모, 그리고 맏언니 명애마저 유방암 진단을 받았다는 삽화가 등장하지만 인물들은 슬픔에 잠식되기보다 그렇게 주어진 죽음의 그림자를 앞에 두고 의연하게 견디려는 모습을 자주 선보인다.

여자 노인들의 로드 무비라고 할 수 있는 「모텔, 파라다이스」는 앞서 언급된 작품 속 여성들의 어느 미래 풍경을 그려낸 듯하다. 이는 모티프의 단순한 반복이라기보다 변주에 가깝다. 돌이켜 보면 이 소설집에 등장하는 여성은 모두 소외되어 있다. 남성의 성격적 결함 때문에 이혼했거나 함께 살기는 하지만 견디는 삶을 살아가는 여성을 돌보는 것은 다른 여성의 몫이다. '나', 명화, 삼덕이 함께 무안으로 여행을 떠나는 「모텔, 파라다이스」에서도 여성 간의 성격적 차이로 인해 갈등이 발생하기는 하지만 파국으로 치닫지 않는다. 다방의 단골손님들이 '천국'이라고 단지 명시한 그곳은 무안 바닷가 부근이다. 천국의 정체가 무엇인지 정확히 밝혀지진 않지만, 그 상징은 세 여성을 적절히 매개한다. 세 사람이 무안으로 향하는 차 안에서 그들의 과거와 그들이 현재 처한 현실은 차분히 드러난다. 노인이 쓸모없는 존재로 취급되는 현실은 그들에게 슬픔을 주기에 충분하다.

여기서 잠시 영화 이야기를 하자면, 하야카와 치에의 영화 〈플랜 75〉(2024)에는 일본 정부가 초고령사회에 대한 대책으로 75세 이상의 국민에게 스스로 죽음을 선택할 수 있도록 공식적인 지원을 한다는 이야기가 담겨 있다. 국가적으로 노인을 쓸모없는 존재로 인정하는 이 가상의 시스템은 불가능한 환상이 아니라 일어날지 모를 미래다. 배경은 일본으로 설정되어 있지만, 이 디스토피아는 국가를 초월하는 공포다.

「모텔, 파라다이스」는 여성의 연대라는 주제와 함께 노인 혐오가

일상화된 현실이 서사의 배면에 스며 있다. 김미용의 이 소설집에는 이외에도 리얼리즘 소설이라고 단정할 수 없는 설정들이 보인다. 「다시, 봄」에서 환상처럼 나타났다가 사라지는 뜨개질 하는 여성의 존재, 「폭설」 속 아내의 방, 「모텔, 파라다이스」 속 여행 종착지가 의뭉스럽게 처리되는 장면 등에서 알 수 있는 것은 이 작가가 여성의 돌봄 문제, 노인 혐오와 같은 주제를 리얼리즘의 일반적 방법론, 즉 전형적 인물과 세밀한 묘사만 하는 것으로 만족하지 않고 싶어 하는 어떤 의식이다.

앞에서 남성성에 대한 여성의 구조적 무력감과 대항 방식의 부재를 이야기했는데 여기에는 부연 설명이 필요하다. 소설 속 여성의 무력감은 소설의 실패가 아닌 우리가 처한 현실을 환기하는 일이다. 이 소설집을 포함해 젠더, 세대, 장애에 대한 언어는 여전히 지속되어야 한다.

초등학교 시절 나는 꿈 찾기에 골몰했다. 양복점 딸로 태어났지만 바늘귀를 꿰지 못했고 자주 아팠으나 알약을 삼키지 못해 혼이 났다. 풍선껌을 씹고 아무리 불어도 내 껌은 풍선이 되지 못했으며 심혈을 기울여 만든 모빌은 둥근 모양이 아닌 타원형이 되었다. 공부도 어려워 학교 숙제는 전과를 베꼈다. 나는 대부분의 시간을 혼자 보냈고 침을 뱉거나 머리를 꼬면서 골똘히 생각에 잠겼다. 다 못하지는 않겠지. 잘하는 게 있겠지. 나는 나의 재능을 찾아야겠다고 생각했다. 학교에서 하는 대회나 행사에는 모조리 참석했다. 하지만 한 번도 상을 받은 적이 없다. 그림에도 음악에도 체육에도 소질이 없다는 것을 알았다. 그때 불현듯 작가가 되면 어떨까 생각했다. 매일 일기를 쓰므로 작가가 될 수도 있겠다는 순진한 생각을 했다. 그리고 20대의 어느 날, 다시 작가가 될 수 있지 않을까 생각했다. 그때 나는 소설을 많이 읽었다. 독서에 몰입할 때는 불안이 사라졌다. 그렇게 소설 속 인물에 깊이 빠져들었다. 인물들은 대부분 힘든 시련 속에 있었는데 나는 그들에게 왠지 모를 동질감을 느끼기도 했고 동시에 나의 삶도 괜찮다는 위로를 받기도 했다. 돌이켜 보면 소설은 아주 오랫동안 천천히 내게 스며들었던 것 같다. 40대가 되었을 때 다시 소설이 떠올랐다. 그때 나는 막연한 꿈으로 남기지 말고 구체화 시켜야겠다고 다짐했다.

소설을 쓰다 보면 아버지가 떠오른다. 아버지는 돌아가시기 두 달 전까지 양복점에 출근했다. 아픈 몸을 이끌고 양복점으로 향했는데 사실 나는 아버지가 왜 그렇게 일을 놓지 못하는지 이해할 수 없었다. 누구도 오지 않는 양복점을 아버지는 매일 지켰다. 아버지는 평생 성실하게 일했지만 돈은 벌지 못했다. 기성복이 나오면서 양복점은 내리막길을 걸었으니까. 아버지가 양복점에 매달릴수록 우리는 더욱 가난해졌다. 나는 아버지가 세탁소나 의류수선점으로 갈아타야 했었다고 생각했다. 그럼에도 아버지는 늘 자신의 인생은 성공한 편이라고 말했다. 이만하면 잘 산 거 아니냐고 웃고는 했다.

소설 한 편을 끝낼 때면 아버지의 미소가 떠오른다. 자르르 완성된 양복을 아버지는 흐뭇한 얼굴로 한참을 바라보았다. 나는 아버지가 시류를 읽지 못한다는 것이 불만이었는데 나도 그런 건 아닐까 싶다. 아버지와 내 삶이 닮아 있다는 생각이 들곤 한다. 소설을 읽지 않는 시대에 소설을 붙들고 있으니 말이다. 그럼에도 나는 계속 쓰는 사람일 것이다.

나의 꿈이 구체화된 것은 담양에 있던 생오지문예창작촌과 인연을 맺고 나서였다. 문순태 교수님 강의를 듣는 것만으로 벅찼으며 소설을 꼭 쓰고 싶다는 열정이 생겼다. 그곳에서 만난 은미희 교수님은 포기하지 않으면 누구나 작가가 될 수 있다고 말씀하셨다. 그 말을 의지해 여기까지 왔다. 현재는 아름다운 구례에서 따뜻한 정지아 선생님과 인연을 맺고 있다. 좋은 인연 덕분에 나는 소설가로 성장했다.

14년 전 소설의 길로 들어선 나는 2018년 『불교문예』 신인상으로 등단했고, 올 해 첫 창작집을 출간한다. 결실을 맺은 것 같아 기쁘다. 여기까지 오는 데 많은 이들의 도움이 있었다. 무엇보다 소설을 쓰면서 만난 문우들에게 감사하는 마음이 크다. 그리고 나의 꿈을 지지해주고 응원해준 찬홍 씨와 정혜, 정원에게도 고맙다고 말하고 싶다.